プロスペル・メリメ 著

Prosper Mérimée

コロンバ

Colomba

マテーシス 古典翻訳シリーズ XV

高橋昌久　訳

風詠社

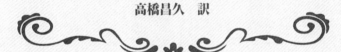

目次

凡例

一．本書はプロスペル・メリメ（1803-1870）による Colomba を Prosper Mérimée, Colomba, Independently published, Kindle Edition, 2021. を底本として高橋昌久氏が翻訳したものである。

二．表紙の装丁は川端美幸氏による。

三．小社の刊行物では、外国語からカタカナに置換する際、原則として現地の現代語の発音に沿って記載している。ただし、古代ギリシアの文物は訳者の意向に沿って古典語の発音で記載している。

四．文中の脚注は原著にも記載があるものであり、「原注」と明記した。また、読書の助けとして編集部が文末注を施した。

五．「訳者序文」の前の文言は、訳者が挿入したものである。

六．本書は京緑社の kindle 版第四版に基づいている。

At length I would be avenged, this was a point definitively settled.

« The Cask of Amontillado », Edgar Allan Poe

私の復讐がやがて成就されること、これは確定事項であった。

『アモンティラードの酒蔵』 エドガー・アラン・ポー

訳者序文

『コロンバ』を知ったきっかけは、私の愛読書である芥川龍之介著『侏儒の言葉』において言及されていたからである。といっても一言触れただけで、激賞したわけでもない。ただそれ以来私の頭の片隅に『カルメン』と同作家の『コロンバ』があった。

『コロンバ』を翻訳して改めて思ったが、私は『カルメン』よりも『コロンバ』の方が完成度は高い、ということである。オペラとして不滅の傑作とされる故に『カルメン』は作家メリメの代表作とされ一番有名だが、その文学的評価はオペラに引き摺られ過ぎていると私は感じている。ユニークな作品とは思うものの、『コロンバ』ほどじっくりとは描かれていない。

他方『コロンバ』は起承転結がしっかりと書かれ文学的には『カルメン』よりも優れていると私は感じる。舞台となったコルシカは一応当時もフランス領土だが、読めばわかるように基本別の国である。その異国の雰囲気を上手く描写しつつ復讐劇がしっかりと描かれ、異国へと多大な興味を寄せていたメリメの手腕が遺憾なく発揮されている（強いて難点を挙げれば、オルソが「偉業」を達成してから結末部にまで至るまでが結構冗長な点である）。

復讐という情熱を迸らせるロマン主義的な傾向と、復讐に至るまでの過程をじっくりと描いた写実的な傾向の二つが絶妙に取り入れられていて、当時はなかったが映画のような作品に仕上がっている。その迫力をじっくりと鑑賞してほしい。

参考：完全に自己を告白することは何人にも出来ることではない。同時に又自己を告白せずには如何なる表現も出来るものではない。ルッソオは告白を好んだ人である。しかし赤裸々の彼自身は懺悔録の中にも発見できない。メリメは告白を嫌った人である。しかし「コロンバ」は隠約の間に彼自身を語ってはいないであろうか？　所詮告白文字とその他の文字との境界線は見かけぬほどはっきりはしていないのである。（芥川龍之介『侏儒の言葉』）

一

Pè far la to vandetta, Sta sigur, vasta anche ella.
VOCERO DU NIOLO.

復讐にあたって恐れる必要はない、彼女さえいてくれるのなら
ヴォチェロ・ドゥ・ニオロ

一八一X年十月の頭の頃であった。イギリス陸軍の中でも卓越した士官として知られていたアイルランド出身の陸軍大佐サー・トーマス・ネヴィルは、イタリア旅行から帰る途中に、娘と一緒にマルセイユのボーヴォ・ホテルに宿泊した。革命的熱狂派であった旅行者による賞賛は反動を引き起こしていた。そして殊更に自分たちを目立たせるために、多数の観光者たちがホラティウスのニル・アドミラリの標語を用いている。[i] これらの不満気な旅行者たちに大佐の

一人娘のリディア嬢も属していたのである。『キリストの変容』も彼女には平凡なものに見えたし、煙を吐いていたヴェスヴィオ山も、バーミンガムにある工場の煙突よりなんとかましなものとしか思えなかった。要するに、彼女のイタリアに対する大きな反感は、当該国には地方色つまり特徴が欠けていたという点にある。誰かこれらの言葉の意味合いを説明してくれたら、と思う。私としても数年前には十分に理解していたはずだが、今となっては全然わからなくなってしまった。何より、リディア嬢はアルプスの向こう側にまだ誰も見たことがないものを見出し、それでジュルダン氏のような立派な人々と話題にできるだろうと思い得意になっていた。だが自分の同国人が至る所で自分の先を越しており未知なものと遭遇するようなことはないと絶望していたので、やがて彼女は反対の党に身を投じたというわけである。実際のところ、誰かがイタリアでの素晴らしい事物について話す際に、「××にある××宮殿のラファエロの作品についてはもちろんご存知ですよね。あれこそイタリアでも最も素晴らしい逸品ですよ」ということも喋るとしたらそれはとても愉快と言えることではない。――それもまさしく自分が見るのをつい逃してしまったものだったら。何もかも見るにはあまりに時間がかかりすぎるので、最も簡単なやり方ときたら全てひっくるめて下らぬものと罰を下すとなるわけである。

ボーヴォ・ホテルでもリディア嬢は苦い失望を味わった。セグニのペラスギの門、別名キクロプスの門の美しいスケッチを持ち帰っていたのだが、彼女はそれを描いた人間によって放置され忘れられたものだと思い込んでいたのである。そして、フランセス・フェンウィッチ夫人はマルセイユで彼女と会合すると彼女にそのアルバムを見せたわけだが、あるソネットと乾燥した挿された花に挟まれる形で、例の門がシエナの土によって大いに照り出されていたのである。リディア嬢はそのセグニの門を小間使いの女に与えて、キュクロプス式の建築物に対する畏敬の念をすっかり失ってしまっていた。

こうした物憂げな気分をネヴィル大佐も味わっていた。妻に先立たれて後、リディア嬢の目を通してしか物事を見ていなかったのである。彼にとってイタリアは娘を退屈させたという大きな過ちをもたらしたものであり、その結果として世界で最も退屈な国となったわけである。絵画や彫刻については実際のところどうこう言えるものではない。だが彼の確信をもって言えることは、その国では狩りはみすぼらしいものであり、取るに足らぬアカアシイワシャコを数匹狩るのに太陽の強い日差しの下、ローマ郊外を四十キロ走り回らないといけなかったのである。

マルセイユについた翌日に、コルシカで六週間過ごしてきた以前の副官のエリス大尉を夕食に招待し、エリス大尉はリディア嬢に山賊たちについての話をたっぷりと聞かせてくれた。その話は、ローマからナポリへの途上でさんざん聞いてきた盗賊たちの話とは比較にならぬほど聞いていて楽しいものだった。食後のデザートでは、男たちは二人だけでボルドーの葡萄酒を飲みながら狩りについて話し、コルシカほど狩りに似つかわしく、獲物も多様で豊富にある場所はないと語った。

「コルシカでは猪はたくさん見かけますがね」とエリス大尉は言った。「自分の飼っている豚と見分ける術を身に付けておく必要があるのですよ。何ぶんそれらは驚くほど似ているのですからね。誤って猪の代わりに豚を殺ってしまうと、その万人の奴らと厄介なことになってしまうんです。マキと呼ばれている雑木林からあいつらが随分と武装した状態でやってきて、殺された豚の報いを払わせ殺した人を嘲るのですよ。野生羊のムフロンもいまして、それは他のどこにもいない動物なのでして、獲物として申し分ないですが、何ぶん厄介でもあります。鹿、ダマジカ、雉、ヤマウズラ等々、コルシカにわんさかいる獲物たちの種類を全部数え上げていったらきりがありませんな。もし狩りをしたいというのなら、コルシカがお勧めですよ、大佐殿。そこで世話になった主人も言っているように、ツグミから人間に至るまで、あらゆる獲物を狩ることができるのですよ」

お茶になると、大尉は再度遠い地での復讐の話[1]を聞かせたが、それはさっきのお尋ね者の話よりももっと奇抜な話だった。そして大尉は彼女にコルシカの奇特で野生的な風土、住民たちの類を見ない性格、そんな彼らの客への手厚いもてなしと原始的な風習について聞かせることにより、コルシカに対する熱意を大いに掻き立てたのであった。更に彼は彼女の足元に小さい

1　原注：自分に侮辱や危害を加えた者に対して、大なり小なり血縁関係にある者に対して行われる復讐のことである。

が立派な細身の短剣を置いたのだが、その形状や銅製の柄以上に、その由緒にこそ注目すべき点がその短剣にあった。ある名高い山賊がエリス大尉へと譲ったものであり、四人の人間の肉体に刺さったという代物であった。リディア嬢はそれを腰の帯につけてみて、そしてナイトテーブルの上に置いた。そして寝る前に鞘を二回払うのであった。大佐の方でも、野生羊を撃ち殺す夢を見て、その夢で羊の飼い主が殺した報いを払わせようとしたが、大佐はそれに喜んで応じた。というのも、その動物はとても好奇心をそそるもので、猪に似ていて、鹿の角と雉の尻尾を持っていたからである。

「エリスはコルシカでは申し分ない狩りができるって話しているんだが、あれほどここから遠くなければ、二週間ほどそこで過ごしてもいいんだがね」と大尉は娘と二人で朝食をとりながら言った。

「いいじゃないですか、どうしてコルシカに行かないなんてあるのかしらね？お父さんが狩をしている間に、私は絵を描いていますよ。エリス大尉が言っていたボナパルトが子供の時に勉強しに行っていたというその洞窟を私のアルバムに加えることができたらとても嬉しいことでしょうね」とリディア嬢は答えた。

「コルシカでは猪はたくさん見かけますがね」とエリス大尉は言った。「自分の飼っている豚と見分ける術を身に付けておく必要があるのですよ。何ぶんそれらは驚くほど似ているのですからね。誤って猪の代わりに豚を殺ってしまうと、その万人の奴らと厄介なことになってしまうんです。マキと呼ばれている雑木林からあいつらが随分と武装した状態でやってきて、殺された豚の報いを払わせ殺した人を嘲るのですよ。野生羊のムフロンもいまして、それは他のどこにもいない動物なのでして、獲物として申し分ないですが、何ぶん厄介でもあります。鹿、ヤマジカ、雉、ヤマウズラ等々、コルシカにわんさかいる獲物たちの種類を全部数え上げていったらきりがありませんな。もし狩りをしたいというのなら、コルシカがお勧めですよ、大佐殿。そこで世話になった主人も言っているように、ツグミから人間に至るまで、あらゆる獲物を狩ることができるのですよ」

大佐によって示された望みに娘が賛同してくれたのはこれがおそらく初めてだっただろう。この思いがけない巡り合わせに心が喜びはしたものの、リディア嬢のありがたい気まぐれを刺激するためにいくつかの反対意見を投げかけるだけの明晰さを彼は持ち合わせていた。女性が未開の土地を旅行することの困難さについて彼は話したけれども、彼女は全く聞き入れなかった。彼女は何も恐れていなかったのだ。何よりも馬で旅をすることが好きだった。彼女は野宿することにも楽しみで仕方がなかった。小アジアにすら行きかねない勢いだった。要は、彼女はあらゆる心構えができていたのである。というのもいかなるイギリス婦人も今までコルシカに足を踏み入れたことがなかったからであった。それ故彼女としては是が非でも行かなければならないのである。そしてセント・ジェームズ広場に戻って、コルシカも含んだ自分のアルバムを見せることができたなら、なんて幸福なことだろうと彼女は思った。

「まあぁなた、一体どうしてこんな素敵な絵が入っているの？」

「あら、そんなのなんでもないですよ。道を案内してくれたコルシカの有名な山賊について絵を描いてみただけなの」

「えぇ！コルシカに行かれたの……？」

フランスとコルシカの間にはまだ蒸気船が往来していなかったので、リディア嬢が発見しようと意気込んでいる島に行くための船を探し求めた。同日に、大佐は借りる予定だった部屋の予約をキャンセルして、アジャクシオ[ii]に向けて船を出そうとしているコルシカ製のスクーナーの船長との交渉が成立した。そこにはどうにか部屋が二つあった。その船に食糧が積まれた。船長は自分の船の老いた水夫の料理の腕前はなかなかのもので、ブイヤベースというプロヴァンス料理を料理することにかけては彼に敵う者はいないと断言した。凪もよく海も美しく、お嬢さんは快適な船旅を味わうことを誓った。

さらに、娘の意志を尊重した大佐は、自分たち以外にはいかなる船客も乗せないこと、そして山の景色を存分に眺めるためにできるだけ島に沿う形で航行してくれることをはっきりと要求した。

二

出発すると決めていた日がやってきたら、朝から荷造りは全て完了していて、船に乗せられるのであった。スクーナーは夕暮れの微風と共に出港する予定であった。その間、大佐は娘と一緒にカヌビエールの通りを散歩していたのだが、その時船長が彼らの方にやってきて自分の血縁者を乗せても構わないだろうかという許可を尋ねてきた。その血縁者とはつまり、息子の長男の名付け親のまたいとこなのであり、その人に急用ができて故郷のコルシカに帰らないといけないのだが、海を渡るための船に乗ることができないときているのである。

「魅力的な若者ですよ」とマテイ船長は付け加えた。「軍人ですが、狩猟兵の将校でしてね、あの人[iii]がまだ皇帝だったらとっくに大佐になっていたことでしょう」

「軍人であるというのなら」と大佐が応え、「その人が一緒にきてくれることを喜んで同意したい」と付け加えるつもりであった。だがその時リディア嬢が英語でこう叫んだ。

「歩兵将校ですって……（彼女の父は騎兵隊に従軍していたので、それ以外の隊に対して彼女は軽蔑心を抱いていたのであった）！どうせ教育なんて全然ないんでしょ、船に酔ってしまって私たちの旅の楽しみをすっかり台無しにしてしまうに決まってるわよ！」

船長は英語を皆目理解できなかったが、リディア嬢の可愛らしい口が尖るのを見て彼女の言いたいことを察知したようで、彼は自分の血縁者の優れた点を三つに分ける形で賞賛して聞かせた。彼は申し分のない男で、権威を持ったカポラルの家系の出身だし、決して大佐の邪魔になるようなことはさせない、なぜなら船長である自分が誰もその存在に気づかないような片隅にある部屋にそいつを入れるから、と述べた。

大佐とミス・ネヴィルは親子共々カポラル（伍長）の家柄の出身であることがコルシカにおいてあり得るのかと不思議に思った。だが船長は歩兵伍長のことを指しているものと二人は思い込んで、その同船者は何らかの可哀想な奴で船長が慈悲によって連れて行こうと決めたものだと結論づけた。これが将校であったならば、その人と話したり関係を持ったりしないといけないが、伍長だというのならいちいち気を遣う必要もない。そして銃剣を担いだその伍長の隊がここにいて、行きたくもないような場所へと自分たちが連れていかれるというのでもないわけだから、そんな取るに足らない伍長がいても差し支えないというわけである。

「その親類の方は船酔いはしますか？」とミス・ネヴィルは冷淡な口調で訊いた。

「決してそんなことはありませんよ、お嬢さん。海だろうと陸だろうといつも岩のように硬い不動な心を持っております」

「じゃあ構わないわ、連れて行ってもいいですよ」と彼女は言った。

「連れてもらっても結構ですよ」と大佐も娘の言葉を繰り返した。そして二人は散歩を再開したのであった。

夕方の五時が近づいてくると、マテイ船長はスクーナーに彼らを乗船させるために呼びにきた。港の方の船長のボートの側で、彼らは顎の方にまでボタンが締められていた赤いルダンゴトの衣装を着た、背の高い若い男を発見した。肌は浅黒く、両眼は黒く鋭く、脚も長く、素直で知的そうな雰囲気を醸し出していた。姿勢を正すために肩を引いたその仕草、そして巻き毛の小さな口髭を見れば、この人物が軍人だということはいとも簡単にわかった。というのもこの時代においては、そういった口髭をした人が街中を歩くことはなく、国民衛兵が営舎の習慣と一緒に衛兵隊式の服装を全ての家庭には導入していなかったからだ。

若者は大佐を目にするや被っていた軍帽を脱いで、大佐の厚意に対して丁寧な言葉を使い物怖じすることなく感謝の念を示した。

「君の役に立てて嬉しいよ」と大佐は好意的な表情を示しながら言った。

そしてボートに乗り込んで言った。

「図々しい人ですね、あなたのイギリスの人は」と若い男は船長に、イタリア語で低い声で伝えた。

船長の方は自分の人差し指を左目の下に当てて、口の両端を低めた。その動作の意味合いを理解できる人は、あのイギリス人はイタリア語を実際は理解できるのであり、奇妙な人物だということを意味していたことを読み取るだろう。若い男は軽く微笑み、マテイ船長の動作に応える形で自分の額に指を当て、あたかも全てのイギリス人は頭に何かしら妙なものを抱えていると言いたげである。そして船長の側で腰を下ろして、礼儀作法を崩すことはないながらも多大な注意を自分の素敵な旅の同行者たちに払ったのである。

「彼らフランスの軍人たちは随分と大した風采を持っているな」と大佐が娘に英語で話した。「将校にも容易くなれるだろうな」

そしてあの若い青年に対してはこのように声を掛けた。「お前さんに聞きたいんだが、君はどんな隊に従軍していたんだ？」

すると青年はまたいとこの子の名付け親に対して肘でつついて合図をした。そしてその皮肉めいた微笑みを噛み殺しつつ、彼は猟歩兵連隊に以前従軍していて、現在は軽歩兵第七連隊に従軍するのを離れている身だとした。

「ワーテルローに行ったことはありますかな？あなたはとてもお若い」

「失礼ですが、大佐殿、私が軍事作戦に加わった唯一の場所がそこです」

「二回分ほど価値のある従軍だな」と大佐は言った。

若いコルシカ人は自分の唇を噛んだ。

「お父さん」とリディア嬢は英語で喋った。「この人にコルシカ人たちはボナパルトに大きな好意を持っているか訊いてくれない？」

その質問を大佐がフランス語に翻訳するよりも前に、この若い男が力強く発音しながらも、大層上手な英語で、こう言った。「お嬢さん、生まれ故郷に預言者は留まれないことはご存じでしょう。[iv] ナポレオンの同国人でありながら、私たちはおそらくフランス人よりもナポレオンに好意をもっていないことでしょう。ただ私について言うならば、確かに私の一家はボナパルトの一家とかつて敵対関係にありましたけど、それでも私は彼のことが好きですし尊敬もしています」

「英語を話されるのですな！」と大佐は大声を出した。

「ご覧の通り、とても下手ですけどね」

リディア嬢は彼の屈託のない口調に少し気が動転しつつも、伍長と皇帝の間に個人的な確執があることを考えては笑わないではいられなかった。彼女にとってこのことはコルシカ人たちの奇抜性を期待させるものであり、その数奇な特徴を日誌に書き記そうと決意するのであった。

「ひょっとしてイギリスで囚われたことはあるのですか？」と大佐は尋ねた。

「いえ大佐殿、私は英語をフランスで幼い頃から学んだのです。つまりあなたの出身国の囚人からね」。そして若い男はミス・ネヴィルの方に向かって話した。

「マテイ船長からあなたはイタリアから戻ってきたと聞きました。あなたはさぞや流暢なトスカナ語を話されるのでしょうね、お嬢さん。ただ私たちのコルシカの方言を理解するにあたっては少々当惑されるだろうと恐れております」

「私の娘はイタリアのあらゆる方言を理解しますよ」と大佐は返答した。「彼女は言語に関して才能があるのです。私とは出来が違います」

「お嬢さんは例えば、私たちコルシカにある歌の一つにあるこの句を理解できるのですか？羊飼いが同じ羊飼いの恋人に向けたものですが」

S'entrassi 'ndru Paradisu santu, santu, E nun truvassi a tia, mi n'esciria.
（もし僕が聖なる、聖なる楽園に入れて、君をそこで見つけられなかったら、そこから出ていくよ）

リディア嬢はその内容を理解したが、その意味する所には厚かましさがあるのを感じ、更にその歌詞を声に出した際のその目線にはもっと厚かましさがあるのを感じた。そして彼女は「Capisco（イタリア語で「わかります」）」と答えるのであった。

「それで君は半年休暇として生まれの故郷に戻るというのですかね？」と大佐は訊いた。

「いえ、大佐殿。彼らが私を軍人として予備役の身分にさせたのですが、それはおそらく私がワーテルローに使役したこととナポレオンと同じ出身だったからでしょう。私は実家へと、歌の歌詞のように望みも軽く金銭も軽いままに帰っていくのです」。そして彼はため息をついて、空を見上げた。

大佐は手をポケットに突っ込み金貨を一枚指の間に挟んで取り出したが、それを不幸な敵に対して丁重に忍び込ませるための言葉を考え出そうとした。

「実を言うと、私の方も予備役になったんだ」と彼は上機嫌な口調で言った。「だが……、君くらいの年齢で予備役になってしまったとあれば、タバコを買うこともままなるまい。これをどうぞ、伍長さん」

そして若い男がボートの縁を握っていたその手に金貨を入れようとした。

若いコルシカ人は赤くなり、姿勢をただし、唇を噛み、勢いよく返答する様子を見せつつも、表情を変え笑い出した。大佐は金貨を手に握ったまま、呆気に取られていた。

「大佐殿」と若い男は再び真面目になった。「忠告を二つ述べることを許していただきたい。まず一つは、コルシカ人に対して金を恵むことは決してしてはなりません。というのも私の同地の人にはもらった金貨を相手の頭に投げ返すような無礼な人がいるのですから。そして二つ目は、呼ばれもしない称号で人につけないことです。あなたは私を伍長としましたが、私は中尉なのですよ。もちろん、その違いは大きなものではないかもしれません、しかし……」

「中尉！」とサー・トーマスは叫んだ。「中尉！だが船長は君がカポラル（伍長）だと言っていたが。そして君の父も先祖も皆」

この言葉に対して青年はどっと笑いを吹き出したが、その笑い方ときたら悪意の混じり気がなかったものだから、船長並びに二人の水夫も一緒になって笑い声を上げるのであった。

「失礼しました、大佐殿」とやがて青年は言った。「ですが、勘違いというのも傑作にもなり得るのでして、ようやく理解することができましたよ。確かに私の一家はかつてカポラルを輩出したことに誇りを持っておりますが、コルシカのカポラルというのは服に肩章とかつけないものです。西暦一一〇〇年ごろ、いくつかの市町村が山の領主の暴政に対して反乱を行ったのですが、その反乱における長を選ぶ際にその人間をカポラルと呼称したのです。私たちの島では、こういった反徒の子孫であることを誇りに思っているのです。

「これはこれは、大変失礼しました!」と大佐は叫んだ。「私の勘違いの理由を理解してくださったなら、どうか私の無礼を許していただきたい」

そして彼は手を差し伸べた。

「私のちょっとした思い上がりに対しての、正しい報いでしたよ、大佐殿。」と青年は相変わらず笑っていて、そのイギリス人の手を愛想よく握るのであった。「これぱかりも恨みなど抱いておりません。私の友人であるマテイ船長の紹介が悪かったので、差し出がましいながら自己紹介をしたいと思います。私の名前はオルソ・デルラ・レビアで、予備役の中尉であります。そしてあなたが立派な犬を二匹引き連れているところを窺うと、狩猟のためにコルシカに行こうとしているものと見受けられます。そうであるのならば、私たちのマキや山々を案内できたなら、とても光栄なものとなります……。とはいえ私がそれらを忘れてしまっていないならば、となりますが」とため息を交えつつ彼はこう付け加えた。

ちょうどその時、ボートがスクーナーの所に到達した。中尉はリディア嬢に手を差し伸べ、さらに甲板へと上がるために大佐を助けた。甲板に上がってもサー・トーマスは自分の先ほどまでの勘違いを強く恥じていて、西暦一一〇〇年から続くこの男に対する己の無礼をどうすれば忘れられるかわからず、娘の賛成を得ることもないまま、彼は青年に言い訳と握手を何度も繰り返しつつ夕食に誘うのであった。リディア嬢はやはり少々眉を顰めたが、カポラルとはどのようなものかを知ることができるのは結局のところ彼女にとってそんなに悪いことでもないし、この客人も不快をもたらす人物でもなかった。彼女はその青年に対して、具体的にはわからないがある種の貴族的なものを見出すようにすらなったが、ただこの青年は小説の主人公と看做すにはあまりに素直であまりに陽気な様子であった。

「デルラ・レビア中尉」と大佐はマデーラの葡萄酒が注がれたグラスを握りイギリス式の乾杯をしつつ言った。「スペインではあなたの同国の人たちをたくさん見ましたが、狙撃の歩兵としてかなり手強かったですな」

「ええ、スペインの土塊になってしまった者もたくさんいますよ」と真剣味を帯びたな表情で若い中尉は言った。

「ヴィットリアの戦いでの、コルシカの大隊の行動は今でも忘れられませんな」と大佐は言

二

葉を胸を擦りながら続けた。「思い出しますよ。一日中彼らは庭の中や垣根の後ろに身を潜めながら狙撃をやっていたのですがね、それによって数え切れないくらいの人たちと馬が殺されました。そして退却することに決まると、彼らは一つに集まり大急ぎで逃げていきました。平野に出たら、我々は復讐をしようと思い至りましたが、あいつらときたら……。おっと、これは失礼、中尉殿。あの勇敢な人たち、と私は言いたかったのですが、彼らは四角で隊列を組んで来るようですが、小さな黒馬に乗った将校がいたのです。その将校は鷲の軍旗の側に立っていたのですがね、まるでカフェにでも座っているかのように葉巻を蒸していたんですよ。時々まるで私たちを馬鹿にするかのように、彼らはラッパで派手な音楽を鳴らしました……。私は彼らに中隊を二個ぶつけてみたのだけれど……。だがなんと！相手の四角い隊形に突入していく代わりに、私の竜騎兵は傍側へと逸れて半分回ったかと思えば、隊は乱れて乗り主のいない馬がこちらの方に戻ってくるばかり……。そしてそれでもなおあの忌まわしい音楽を鳴らしてやがる！大隊を包んでいた煙が消散していくと、鷲の軍旗の側にあの将校がいて、相変わらず葉巻を蒸しているのを再度私は見ました。それに腹を立てた私は、最後の突撃として自分が先頭に立ったのです。あいつらの銃は撃ち続けたため残滓が溜まりもう弾を撃つことができなくなっていました。しかし兵士たちは六列に並んでいて、馬の鼻先に銃剣が掲げられていたのです。つまり壁を形成していたと言えるでしょうね。私は大声を出して自分の従えている竜騎兵たちに叱咤激励し、前進していくために履いていた長靴を引き締めました。そうすると先ほどの例の将校がついに葉巻を捨てて、私の方を指しながら部下の一人の方を振り向いた。「あの白い帽子を狙え【Ai capello bianco】！」というようなことが聞こえてきた。それで私はその時白い羽根帽子をつけていたのですよ。その後はどうなったのかはわからなくなりました、何せ銃弾が一つ私の胸に当たったのですから、――大した大隊でしたな、デルラ・レビアさん。後になってその隊が軽装歩兵十八連隊のうちの第一隊で、メンバーは全員コルシカ出身であると聞きました」

「ええ、そうです」と大佐が話している間に目を輝かせていたオルソは言った。「彼らは退却を最後までやり遂げ、鷲の軍旗を守り抜きました。ですが、その勇敢な人たちの三分の二は今ではヴィットリアの平野に眠っております」

「そうだ、ひょっとして！その大隊を指揮していた将校の名前を知っていたりするかな？」

「実は私のお父さんだったのです。父は当時十八連隊の少佐でしたが、その艱難辛苦な一日での振る舞いが評価され大佐へと昇進したのです」

「君のお父さんだって！これはこれは、実に勇敢な方だったな！その人とまたお目にかかれたら嬉しいものだ、今でもその人のことを覚えて見分けがつく、間違いない。お父さんはまだご存命で？」

「いいえ、大佐殿」と青年は少し顔が蒼白になりながら言った。

二

「ワーテルローにも参加していたのかな？」

「ええ、大佐殿。ですが、戦場において死ぬという幸運には恵まれませんでした……。父はコルシカで亡くなったのです……。二年前に……。これは！なんて素晴らしい海でしょう！地中海を眺めるのは十年ぶりですね。どうですかお嬢さん、大西洋の方が地中海よりも美しいとは思いませんか？」

「青すぎると思うわね……。それに波に壮大さが感じられない」

「野生的な美がお好きで、お嬢さん？だとしたらコルシカのことを気に入ってくれると思いますがね」

「娘が好むものは並外れた異常なものでね、だからイタリアのことはそんなに気に入らなかったのですよ」と大佐は言った。

「私はイタリアではピサしか知りませんが、そこの中学校にしばらく通っていました。しかしカンポ・サントやドームや斜塔について考える時、いつも感嘆してしまいます……。特にカンポ・サントに関しましてはね。オルカナの『死』という絵画について覚えていますか……。今それをここで描ける気すらしますよ。それほど私の記憶に刻まれているのです」

リディア嬢は中尉殿が長々と熱狂ぶりを喋りたてるのではないか不安になった。

「とても素敵なものね」と彼女はあくびをしつつ言った。失礼だけどお父さん、少し頭痛がするので部屋に戻ります」

彼女は父の額に口づけをし、オルソには厳しい様子で頷き、そこから去っていった。男たち二人はそれから狩りや戦争について語り合った。

二人はワーテルローで互いに向かい合っていたこと、随分と弾を撃ち合っただろうということがわかった。彼らの良好な関係はさらに深まった。二人は変わるがわるナポレオンやウェリントンやブリュッヘルを批判した。そして一緒にダマジカやイノシシ、野生羊を追い回した。やがて夜は相当更け、ボルドーの葡萄酒の最後の一瓶も飲み干してしまったから、大佐はもう一回中尉の手を握り、睡眠のあいさつをし、とても奇妙な形で始まったこの関係を今後も深めていきたい旨を表明した。そして二人は別れ、各々眠りについた。

二

三

夜は美しく、月は波に揺蕩っていて、船は微風に帆を任せつつ緩やかに航行していた。リディア嬢は全く眠気を感じず、詩的情緒を少しでも心に宿していればどんな人間も海の月光という光景において味わうはずの感情を妨げられたのは、俗人が一人居合わせたからに他ならない。若い中尉がいかにも散文的な人間らしくぐっすり眠りに入ったと判断したら身を起こし、外套をとって小間使いの女を起こして甲板へと上がった。そこでは舵をとっている水夫以外、誰もいなかった。水夫は、言葉はコルシカ方言で、旋律は荒々しく単調な嘆きのような歌を歌っていた。夜の静けさの中で、この奇妙な音楽には魅力が感じられた。残念なことにリディア嬢は水夫の歌っている歌を完全には理解できなかった。歌のたくさんある平俗的な文句の只中に、彼女の好奇心を活発に刺激するようなエネルギッシュな文句もあったのだが、大事なところで方言混じりの言葉がいくつかでてきて、その意味を理解しかねるのであった。だがそれは殺人について歌っていることがわかった。人殺しに対する呪いの言葉、復讐してやるという脅し、死への賛美、これらが全てごちゃ混ぜの状態にあった。いくつかの文句が彼女の心に留まった。私はそれをここに翻訳してみたい。

「大砲も、銃剣も、彼の額を青ざめさせることはなく、戦場ではまるで夏の空の如く晴れやかだ。彼は鷲の友である隼であり、味方には砂の蜜が、的には怒涛の波が。太陽よりもさらに高く、そして月よりもさらに甘く。フランスの敵たちや故郷の暗殺者たちが、ヴィットロがサン・ピエロ・コロソを殺害したかの如く、背後より襲い掛かるも彼を損なうこと敵わぬ。その者の顔に目を向けるようなことなどとてもできぬ……。私の寝床の前の壁にかけよ、私の勝ち取った名誉を示す十字架を。綬は赤く、我が肌着はさらに赤い。我が息子よ、遠い国にいる我が息子よ、十字架と血染めの肌着を大事にしまうのだ。穴が二つそれにあるのを目にしよう。一つの穴ごとに、他の肌着にその報いとして穴を穿つのだ。だがその復讐は叶えられるのか？我は目で狙いを定め、心で選んだ対象にその手で引き金を引くことを望む……」

三

水夫は突然歌うのをやめた。

「どうしてやめちゃったの？」とミス・ネヴィルは訊いた。

水夫は頭を振りつつ、スクーナーの大ハッチから覗かせている顔がいるのを彼女に示した。

それは月の光を楽しむために外に出てきたオルソであった。

「嘆きの歌を最後まで歌って頂戴よ」とリディア嬢は言った。「聴いていてとても気持ちいいんだもの」

水夫は彼女の方に身をかがめて、そっとこう言った。

「俺は誰にもリンベッコ[2]を言いたくないんだよ」

「何？リン……？」

水夫はそれに返事することなく、口笛を吹き始めた。

「私たちの地中海に感嘆してくださっているようですね、ネヴィルさん」とオルソは彼女の方へと寄った。「こんな月は他の所では見られないものなのですよ、そうは認めざるを得ないでしょう？」

「別に月を眺めていたわけじゃないの。コルシカ語の勉強に夢中だったのよ。この水夫はとても悲しい嘆きの歌を歌っていたんだけれど、大事な所で歌うのをやめちゃったのよ」

水夫は羅針盤をもっと注意深く読もうとするかのように身を屈めたが、するとミス・ネヴィルの外套を乱暴に引っ張った。あの嘆きの歌をオルソ中尉の前では歌ってはならないものだということは明らかだった。

「一体お前は何をここで歌っていたんだ、パオロ・フランチェ？」とオルソは言った。「バラッタか？ヴォチェロ[3]？お嬢さんはお前の歌を理解できるから、最後まで聞きたがっているよ」

「忘れちまいましたよ、オル・サントン」と水夫が言った。

そして突然彼は聖母の讃美歌を大声で歌い出した。

リディア嬢は放心した状態でその歌を聞いていたが、それ以上歌い手を急き立てたりはしなかった。とはいえ後であの理解できなかった言葉の意味を理解してやろうと心の中で決心していた。だがフィレンツェ出身の彼女の小間使いの女は、女主人以上にコルシカ方言を理解しな

2　原注：Rimbeccare: イタリア語で返送する、言い返す、投げ返すという意味。コルシカ方言としては、公然たる侮辱を投げかけるという意味合いである。ある殺された男の息子に対してまだ親の復讐が果たされていないとしてリンベッコを与えるのである。リンベッコというのは血縁関係の侮辱に対してまだ清算されていないある種債務履行を勧告するものである。ジェノアの法律はリンベッコを投げた者に対して厳罰を以て処罰した。

3　原注：人が亡くなった時、特に殺された時、人々はその死体を机の上にのせて、その者の家族や女性たちや該当人物がいないのならその友人たち、あるいは詩的な才能があることが認められているなら無関係な女性たちが、その国の方言で嘆きの詩行を多数の聴き手の前で即興して吟じるもの。そういった女性たちはヴォチョトラリーチ（voceratrici）あるいはコルシカ流の発音に従えばブセラトリチ（buceratrici）と呼ばれている。そして嘆きの詩行は東方的には vocero, buceru, buceratu、西方的には ballata と呼ばれている。Vocero という言葉、そしてそこから派生して出来た vocerar, voceratrice という単語は、ラテン語の vociferare（大声でさけぶこと）を起源とする。時には複数の女性たちが代わる代わる吟じることもあり、死者の妻や娘が死の哀歌を歌うことがある。

かったので、その意味を知りたいと好奇心に駆られていた。そして女主人が肘をついて忠告するよりも前に、彼女はオルソにこう投げかけた。

「中尉様、リンベッコ!」とオルソは言った。「それはコルシカ人に対して最大級の侮辱を与えることですよ。まだ復讐を果たしていないことを責め立てることです。一体誰からリンベッコについて聞いたのですか?」

「いえ昨日マルセイユで」とリディア嬢が慌てて返事した。「スクーナーの船長がその言葉を使っていたの」

「それで一体誰に対して言っていたのですか?」とオルソは激しい口調で訊いた。

「あれ!別にただ昔の話だったのよ……。えーとあの頃の……。そうそう、確かヴァニナ・ドルナノについてだったはず」

「ヴァニナの死は私たちの英雄、あの勇敢なサン・ピエロをあなたにとってそれほど好ましい存在にはしてくれなかったことですかな?」

「でもその人はそんなに英雄的なものだと思っているの?」

「彼の犯した罪は、当時の野蛮な風習により斟酌されても良いでしょう。それにサン・ピエロはジェノヴァ勢に対して死を賭して戦ったのです。もしジェノヴァ勢と取引をした人物を罰しなかったなら、自分の同国人たちとどうして信頼関係ができるでしょうか」

「ヴァニナは夫の許可なく出かけて行ったからな」と水夫は言った。「サン・ピエロがそいつの首を絞めたのも当然だな」

「でも出かけて行ったのは、夫を救うためだったじゃない」とリディア嬢は言った。「ジェノヴァ勢に許しを乞いに行ったのは、夫に対する愛ゆえに」

「許しをジェノヴァ勢に乞う、それこそが夫の価値を貶めるものだったのですよ！」とオルソは大声を出した。

「でも自分の手で妻を殺すなんて！」とミス・ネヴィルは続けた。「とんでもない化け物よ！」

「彼女が夫の手によって死に絶えることを望み、要求したのはご存じでしょう?お嬢さんはオセロも化け物だと考えていますか?」

「全然違うじゃない！オセロは嫉妬していたのよ。サン・ピエロはただ虚栄心があっただけ」

「その嫉妬も、結局虚栄のように虚しいものではありませんかね?愛の虚栄心ですよ、それに動機を思ってみれば、やはり許したくなるのではありませんか?」

リディア嬢は相手に威厳に満ちた目線を投げかけた。そして水夫に対してスクーナーはいつ目的地に到着するのかと訊いた。

「風がこのまま続けば、明後日」と水夫が言った。

「早くアジャクシオが見たいわ、だってこの船に乗っていると嫌になってくるもの」

彼女は身を起こして、小間使いの女の手をとって甲板の上を少し歩き回った。オルソは舵の

三

側でじっと動かないままでいた。彼女と一緒に散歩するか、それとも彼女を煩わせているかのようなこの会話を切り上げるべきか、判断がつかなかった。

「綺麗な女だな、マリア様って感じだ！」と水夫は言った。「俺の寝床にいる蚤が全部あんな感じだったら、噛まれても全然へっちゃらなんだが！」

リディア嬢はどうも自分の美しさを讃美した、原始的な誉め言葉を耳にしたらしく恐怖を感じた。というのもその言葉を耳にすると、すぐに部屋の中へと入っていったからである。やがてオルソも部屋の中へと戻っていった。オルソが甲板からいなくなると、小間使いの女がまた上ってきて、水夫に対して何か尋ねた後、次の情報を女主人に報告した。オルソがいたために中断されたあのバラードはオルソの父親で二年前に暗殺されたデルラ・レビア大佐の死において作曲されたものである。水夫はオルソが「仇を討つため」（水夫自身がこう表現した）にコルシカに戻ってきたことを信じて疑わなかった。そして少し待てば、ピエトラネーラの村で新鮮な肉が見られることを請け負った。その土地特有のこの言い回しを翻訳すると、次のようになる。オルソ様は父を暗殺した疑いのある二人か三人を暗殺する計画を企てており、実際その二、三人は暗殺の件において法廷に喚問されたのだが、雪の如く潔白であるとして無罪だった。だが、裁判官も弁護士も知事も憲兵も無罪にするために抱え込まれていたことが見受けられたのだった。

「コルシカに正義なんてないんだ」と水夫は付け加えた。「俺としても裁判所にいる裁判官よりもいい銃の方が好ましくてね。仇を取るべき敵が一人いるなら、三つのSから選ばにゃならんのさ[4]」

この興味深い情報はリディア嬢のデルラ・レビア中尉に対する態度や感情に著しい変化をもたらした。この時から彼はロマンチックなイギリス人女性の目に小説の登場人物として映るようになったのである。あの呑気そうな態度、上機嫌で屈託のない口調、それらは最初は嫌な感じだったが、今となっては彼女にとっては優れた美点として映るようになった。というのも旺盛な精神力を奥深く潜ませていたのであり、その隠していたいかなる感情も自分の外に出さなかったのである。オルソは彼女にとって軽薄そうな外見の下に壮大な計画を企て潜ませている、革命家のフィエスコのような人物に思えたのである。そして祖国の解放よりも数人の悪党を殺す方が立派さが劣ることは確かであるけれど、それでもなお立派な復讐というのは立派であるのだ。それに女というのは小説の主人公が政治的な人間ではないことの方を遥かに好むものだ。その時初めて、ミス・ネヴィルはその若い中尉がとても大きな目、白い歯、優美な体格、教育もあり社交にもある程度手慣れていることに気づいたのである。翌日彼女は彼に何回も話しかけ、彼の話は彼女の興味を掻き立てた。彼は詳細に渡ったコルシカについて尋ねられ、彼の方も大いに喋った。最初は中学に、その次は士官学校に行くために幼い頃に離れたコルシカは、

4　原注：この国特有の方言。三つのSとは schio petto（銃）、stiletto（短剣）、stada（逃走）のことである。

詩的な色彩で彩られた形で彼の精神に刻まれていたのである。彼はコルシカの山や森やその風土独特的な慣習について語っているうちに、興奮してきた。気づいた方もいるだろうが、復讐という単語は彼の口から一回以上出てきた。諺になるくらいに広まっている彼らの感情を、攻撃するか擁護するかどちらもなくしてコルシカ人について語ることは不可能だったからだ。オルソは同国人たちの互いに絶え間なくぶつけ合っている憎しみについて包括的に非難することにより、ミス・ネヴィルの心を少し驚かせた。だが農民の場合は大目に見るべきと彼は考えていた。そして復讐の決闘は貧しい者たちの間で行われると主張した。

「実際のところ、人が暗殺されるのは正式な決闘を申し込まれた後なのですよ」と彼は言った。

「『気をつけろ、俺も気をつけるから』という言葉は互いに騙し討ちをしようとする前に敵同士で交わす言葉です。コルシカでは他の地域よりも暗殺が多いのです。しかしその犯罪の動機として下劣なものを見出すことは決してありません。確かに我がコルシカでは人殺しは多数いますが、泥棒なんていないのです」

彼が復讐や人殺しという言葉を口にする時、リディア嬢は相手をじっと見つめていたが、その時の彼の表情には一筋の感情も見出せなかったのである。全ての人間から、当然自分は除かれるわけだが、自分の感情を見抜かれないだけの精神力を彼が持っているものと彼女は決めてかかっていたので、彼女はやはりデルラ・レビア大佐の霊魂の欲求が満たされるのにそう時間はかからないだろうとやはり思い続けるのをやめなかった。

すでにスクーナーはコルシカが目に映るところまで進んでいた。船長は沿岸の主たる岬の名前を教えてくれて、リディア嬢にとってそれらは全く未知なるものではあったが、それらの名前を知ることによって幾許かの喜びを感じた。全く名前のわからぬ景色ほど退屈するものはない。大佐の望遠鏡から時々、茶色のウールで身を包み、長い銃を担ぎ、小さい馬に乗って、急な坂を駆け抜けていく土着民たちが目に入った。リディア嬢はその各々の島民たちに、山賊あるいは父の復讐へと向かう息子を見るのだった。だがオルソは用事を済ませるために移動している、近隣の村の平和な住民たちか何かだと請け負った。銃を担いでいるのは必要のためというより洒落っ気のためであり、洒落者が優美な杖を持たずに外に出ないのと同じだとした。銃というのは細身の短剣よりは上品ではないし詩的でもないけれど、リディア嬢は男にとって杖よりは上品なものであり、バイロン卿の作品に出てくる主人公は皆、古典的な短刀ではなく弾丸によって死んでいることを思い出した。

三

航海に出てから三日後、船はサンギネール群島[vi]の前に到着した。アジャクシオ湾の壮麗な光景が我らの船客たちの眼前に開かれていた。ここがナポリの湾と比較されるのには相応の理由がある。スクーナーが入港した時、火をつけられた密林がプンタ・ディ・ジラトゥ一帯を煙で覆っていて、それはヴェスヴィオ山を思い出させ、より一層類似しているものと思わせた。

その類似を完全なものにするには、フン族の王アッティラの軍隊がナポリの付近を襲撃して荒廃させる必要がある。というのもアジャクシオの周辺は死んだように何もかもが荒涼としているからである。カステラマーレからミセーネの岬まであらゆる箇所に見出される優美な建築物の代わりに、アジャクシオの湾の周りには陰鬱な密林やその背後にある不毛な山々しか見られないのである。別荘も、住宅も全く見当たらない。ただ村の周りの高みのあちこちに、緑を背景に白い建物がいくつか一際目立つ形で孤立して建っていた。それは葬式のための礼拝堂であり、家族の墓である。この景色においては、あらゆるものが荘重で悲しげな美を帯びている。

この時代においては特にだが、この町の外観は周囲の侘しさによって引き起こされる印象をさらに増幅させていた。通りは微動だにしない。暇な人間が数人見受けられるだけであり、それは常に変わらない。食料を売りにきた農民数人を別にすれば、女は全くいない。イタリアの町のように声高に話したり、笑ったり、歌ったりするのが聞こえてくることはない。時々並木道の木陰で、武装した十人くらいの農民たちがカードで遊んだり遊ぶのを眺めていたりしている。彼等は大声を上げることはなく、張り合ったりすることも決してない。カードの勝負が熱してくると、銃声が聞こえてきて、その後に決まって脅し文句が続く。コルシカ人は生来荘重で静かである。夜になると、涼しさを求めて数人が姿を表すが、コルソ通の散歩者はほとんど常に余所者である。島民たちは常に家の門を閉ざしたままでいる。まるで隼が己の巣を見守るがごとく、誰も彼もが様子を見張っているのである。

四

ナポレオンが生まれた家を訪ね、多かれ少なれカトリック教徒らしいやり方で壁紙を頂戴したが、リディア嬢はコルシカに上陸して二日経過もすると深い悲しみに襲われた。それは現地の人たちの排他的な慣習が余所者を完全な孤立に追い込むと思わせる国に足を踏み入れた、全ての余所者に避けられない感情である。自分の軽率な計画の実行を後悔した。かといってすぐにコルシカから出ていくのは、自分の大胆不敵な旅行者としての評判を大きく汚すことがありえた。リディア嬢はなんとか我慢して、暇を潰すことが今の最善だとして諦めをつけた。この勇ましいとも言える決意と共に、鉛筆と絵の具を用意して湾の光景をスケッチし始めた。さらにメロンを売っている肌が日焼けした農民も描き始めた。大陸の野菜売りのように思えるが、その人は白い髭をしていてこの世のものとは思えぬほどの獰猛な悪党面をしていた。これらのことも沈んだ彼女を楽しませることはできず、ここは一つカポラルの子孫を困らせてやろうと思った。そしてそれはそんなに難しいことではなかった。というのもオルソは故郷にすぐにでも帰るのかと思いきや、そこには誰もいないのにアジャクシオがいたく気に入ったようだったからだ。それにリディア嬢は高貴な使命を一つ自分に課していたのであり、つまりこの山生まれの熊を文明化させ、故郷の島へと連れ戻すに至った陰鬱な計画なんて断念させようというのであった。彼女が彼について学ぼうと労をとって以来、この青年が破滅へと向かわせたままにするのはとても残念なことで、このコルシカ人の心を改めさせることは栄誉あることだと自分に言い聞かせるのであった。

我らが旅行者たちの日々は次のように過ごされていった。朝に、大佐とオルソが狩りに出かける。リディア嬢は絵を描くか友人たちに手紙を認したためたが、その目的はアジャクシオの日付をその手紙に記すためである。午後六時ごろに、二人の男は獲物を担いで戻ってくる。夕食をとり、リディア嬢が歌い、大佐はうとうとする。そして若い二人夜遅くまでずっと語り合うのだ。

理由は分からないが、ネヴィル大佐はパスポートか何かの件で知事のところを訪問しなければいけなくなった。知事は同僚たちと同様ひどく退屈していて、イギリス人で、金持ちで、社交界にも出て、綺麗な娘の父が自分のところにやってきたと聞いて歓喜した。それで大佐を丁重極まりなくもてなし、押し付けがましいくらいに便宜を図った。その上たった数日してから大佐のところをお返しとして訪問した。大佐は食卓から離れたばかりで、長椅子に身を伸ばしてくつろいでいて、まもなく眠りに入ろうとするところだった。娘は破損したピアノの前で歌っていた。オルソはその歌の楽譜のページをめくり、名手の肩と金髪をじっと見ていた。その時知事が訪ねてきたという報せが届いた。ピアノの音は止まり、大佐は身を起こして目を擦り、訪ねてきた知事に自分の娘を紹介した。

「デルラ・レビアについてはご紹介致しません。何せ彼のことはご存じでいらっしゃいますよね？」と大佐は言った。

「デルラ・レビア大佐の息子さんですかね、その方は？」と知事は少し当惑した様子であった。

「ええ、その通りであります」とオルソは答えた。

「光栄にもあなたのお父さんとお近づきになったことがあります」

よくある辞令的な会話はまもなく途切れた。大佐らしくなく、彼は何度もあくびをした。自由主義者として、オルソは権力の犬には絶対に話さないと考えていた。リディア嬢だけがその知事の話し相手となっていた。知事としては決して彼女を退屈させなかった。そしてヨーロッパの社交界における有力者を全員知っているこの女性とパリと社会について話し合うことに大きな喜びを抱いていたことは明らかだった。時々話をしながら、知事はオルソの方を風変わりとも言えるほどの好奇心を抱きながら目をやった。

「デルラ・レビアさんとお知り合いになったのは大陸の方だということで間違いありませんか？」とリディア嬢に訊いた。

リディア嬢は少々困惑し、コルシカへと向かう船で知り合ったと伝えた。

「かなり立派な青年です」と知事は小さい声で言った。そして「彼がどういう意図でコルシカに戻ってきたかは聞いたでしょう?」とやはり小さい声で言った。

リディア嬢は厳しい様子になった。

「一度も尋ねたことはありませんよ、あなたが彼に訊いてみてはよろしくて?」

知事は黙ったままでいた。だが次の瞬間、オルソが大佐に英語で数語話しかけるのを聞いて、こう言うのであった。

「随分とたくさん旅行してきたように思われます。コルシカのことを忘れてしまわれたのに違いありませんな……コルシカの風習も」

「確かにそうですよ、私がコルシカを離れたのはかなり幼い頃でしたからね」

「ずっと軍に服していたので?」

「今は予備役ですがね」

「おそらくコルシカ人から完全にフランス人になってしまうくらいに、フランスの軍隊にあまりに長い間服していたのでしょうね」

知事は最後の言葉を際立って強い口調でいった。大国フランスに服務していたことを思い起こすことは、コルシカ人たちにとって別段得意にさせるものではない。むしろフランス人たちとは一緒にされたいとは思わず、そしてこの考えを正当化させるために十分なくらい今までの実践行動によって示してきた。少し気分を害したオルソはこのように答えた。

「知事さん、あなたはコルシカ人が名誉ある人物と看做されるには、フランスの軍隊に服役する必要があるとお考えなのですか？」

「いえ、そういうことはもちろんないですよ」と知事は答えた。「そんなことはこれっぽっちも考えていない。私はただこちらの国のある風習について考えていただけですが、ただ知事が見たくもないような風習もいくつかあるのでしてね」

知事はこの風習という単語を強調し、彼の面持ちとしてこれ以上ないくらいに荘重な表情を形成した。やがて彼は身を起こしてそこから出ていった。その際、リディア嬢が役所で夫人に女に会いにいくことを約束させた。知事がそこから出ていくとリディア嬢は言った。

「私がコルシカに来る時に知るべきだったのはあの知事みたいね。私、あの知事のこと好きみたい」

「私としてはそうは思えませんね、彼は大げさな話し方をしていて外から読めないような雰囲気で、とても奇妙な人物に思えます」

大佐はとても眠たい状態にあった。リディア嬢は自分の傍らの方にチラッと目をやってそっと声を出した。

「私はあなたが言うほどに読めないような人物だとは思わないかな、だって私は彼の考えを理解できたと思うから」

「とても素晴らしい洞察力をお持ちですね、ネヴィルさん。そしてあいつがここに喋るためにわざわざにやってきたその真意を何かしら読み取れたと言うのなら、相応に振る舞うべきでしたな」

「マスカリレ侯爵の言い方ではありませんが、デルラ・レビアさん、それでも……。私があの知事の意味を汲み取ったことの証拠を見せましょうか？私はちょっとした魔術師なの、私はその人間と二回会えば、何を考えているのかわかるのよ」

「こいつは、びっくりさせますね。もしあなたが私の考えを読めると言うのなら、喜ぶべきか苦しむべきかわかりませんね……」

「デルラ・ロビアさん」とリディア嬢は顔を赤らめながら続けた。「まだ私たちは知り合って数日しか経ってないじゃ無いですか。船上と未開の土地で、ああこれは失礼、でも私は未開の土地では文明社会にいるよりも精神がもっと活発になると考えているの……。それに私があなたと仲のいい関係としてもっと深い立ち入った話をしても驚かないで欲しいの、よそ者があああこう言ってもいいことでは無いでしょうけどね」

「ああ、ここでよそ者なんて言わないでくださいよ、ネヴィルさん。さきほどの言葉の方が私にとって好ましいのです」

「ええ、ロビアさん、でもあなたの秘密を探ったわけではないけれど、それでも私はその秘密を多少わかってしまっていることを言わなければいけないわね。そしてその秘密のことを思うと私は悲しい気持ちになるの。だってあなたの家族を襲った不幸について知っているのだから。あなたとコルシカ人たちの復讐を強く好む性格とそのやり方についてたくさん聞かされてきて……。知事が遠回しに言おうとしていたのはこういうことじゃないの？」

「リディア嬢は考えることができる方だ……！」そしてオルソは死人のように顔が青ざめた。

「いいえ、デルラ・レビアさん」と彼女は遮るように言った。「私はあなたが名誉ある紳士であることはよくわかっていますよ。あなた自身、コルシカでは今でも復讐をするのは下層階級の人たちだけって言ってたじゃない……決闘の一種だと呼んだ方がいいって言ってたじゃない」

「私が人殺しになることができると思っているので？」

「私がこんなこと言うくらいだから、オルソさん、私はあなたのことを疑ってはいないとはわかってくれるはずですが」。さらに彼女は声を低めて続けた。「そして私が正直に話したのは、あなたの故郷に戻ってきておそらく野蛮な偏見に囲まれてしまっているのでしょうけど、そんな偏見に対抗するためのあなたの勇気を高く評価している人が一人はいることを知ってるだけでも考えていたからよ。さあ」と彼女は身を起こした。「こんな物騒な話はもうやめにしましょう。こんなこと話していると頭が痛くなってくるし、それにもう襲いからね。私のこと怒ってる？おやすみなさい、イギリス風に挨拶しましょう」

そして彼女は彼の手を握ろうとした。そしてオルソはそれを深妙な面持ちで深く感動したように握るのであった。

「お嬢さん」と彼は言った。「私が時に故郷コルシカの本能が目醒める時があることは知ってますか?時々、私はかわいそうな父のことを思う……。その時恐ろしい考えに私は取り憑かれるのです。あなたのおかげで私はその考えから永遠に解放されました。ありがとう、ありがとう!」

彼は言葉を続けようとした。だがリディア嬢はお茶の匙を落としてしまい、それが大佐を起こしてしまった。

「デルラ・レビアさん、明日の五時に狩りに行くぞ!時間通りに、な。」

「わかりました、大佐殿」

五

翌日、二人が狩りから戻ってくる少し前に、ミス・ネヴィルは岸辺の散歩から帰ってきて、小間使いの女と一緒に宿屋に着こうとした時、彼女は黒い服に身を包み小柄だが逞しい馬に跨って街へと入ってくるのを見た。その後ろには農民のような人物がついてきていて、彼もまた馬に跨っていて、肘の辺りに穴の空いた茶色の服を着ていた。そして瓢箪を肩に担いでいて、腰には拳銃を吊るしていた。手には銃を持っていて、その銃床は鞍骨に付着した皮の袋に入れられていた。つまり、メロドラマに出てくるような山賊や、あるいはコルシカの一般人と寸毫も違わぬ格好をしていたというわけだ。女性の方の著しい美しさがまずミス・ネヴィルの注意を引いた。彼女は二十くらいにみえた。彼女は背が高く、肌は白く、両目は濃い青色、口は赤く、白はエメラルドの如き色だった。その顔からは自負、動揺、そして悲しみが同時に見てとれた。頭には、メッツァーロと呼ばれる黒い絹のヴェールを巻いていた。これはジェノヴァ人たちがコルシカに持ち込ませたものであり、女性にとってよく似合うものだった。長く編んだ栗色の髪はターバンのように頭に巻かれていた。彼女の服装は丁寧なものだったが、極めて質素なものでもあった。

ミス・ネヴィルは時間をじっくりかけて彼女を見つめた。というのもメッツァーロを被ったこの女性は通りの真ん中で足を止めて誰かに尋ねていた。それが熱心な様子であったのはその両目から読み取れた。そして相手から返事を聞くと、突然跨っている馬に鞭を当てて一気に駆けていき、トーマス・ネヴィルとオルソが宿泊している宿の前でようやく停止した。そこの主と数語取り交わした後、その若い女性はゆっくりと馬から降りて、入り口の傍らにある石のベンチに腰を下ろすのであった。その間、従者は自分たちの馬を厩へと連れていった。リディア嬢はパリっ子としての衣装を着たままこの見知らぬ人の前を通ったが、目を上げることはなかった。それから十五分して部屋の窓を開けたら、例のメッツァーロ夫人が相変わらず同じ場所で同じ姿勢で座っているのを目にした。やがて狩りから戻ってきた大佐とオルソが現れた。その時喪服に包んでいた女性に対して主人がいくつかの言葉をかけ、若いデルラ・レビアの方を指差した。その女は顔を赤くして、そそくさと身を起こし、数歩前に進み、茫然自失としたかのようにそこにじっとした。オルソは彼女のすぐ側にいて、珍しげに彼女をじっと見つめた。

「あなたはオルソ・アントニオ・デルラ・レビアですよね？」と興奮気味に喋った。「私よ、コロンバよ」

「コロンバ！」とオルソは大声を出した。そして彼女を抱きしめて、優しくキスをした。これは少しばかり大佐と娘を驚かせた。というのもイギリスでは通りの人前でキスをすることはないのだから。

「お兄さん」とコロンバは言った。「言われた訳ではないのにここまで来たことごめんなさい。でも私の友人からお兄さんがここに戻ってきたと耳にして、お兄さんの顔を見ることができたらとても大きな慰めになるもの……」

オルソは再度彼女にキスをし、大佐の方を振り向いた。

「この人は私の妹です。名乗ってくれなければ決して気づかないことでした」とオルソは言った。

「コロンバ、この方はサー・トーマス・ネルヴィル大佐だ。大佐殿、どうかお許し願いたいのですが、今日はとても夕食をご一緒することはできそうにもありません……。何せ私の妹が……」

「そんなことが！一体君はどこで食事をするっていうんだね？」と大佐は大声で言った。「この忌々しい宿には食事のテーブルが一つしかなく、それも私たちのためが使うことを君だってわかっているはずだがね。私の娘も、その女性と食事をご一緒できればすごい喜んでくれると思うがね」

コロンバは兄をじっと見つめた。兄はこの申し出にそこまで悪い気はしなく、結局一同は宿の最も大きな部屋へと一緒に入った。その広さは大佐の客間や食堂として使われたのであった。デルラ・レビア嬢はミス・ネヴィルに紹介されて、彼女に深いお辞儀をしたものの、一言も喋らなかった。彼女はひどく怯えていることが見てとれたし、さらにおそらく外国の上流階級の人たちと面と向かって会うのは人生で初めてということがわかった。しかしその振る舞いには田舎臭いところはなかった。奇妙さがぎこちなさをなくしていた。それだけでもミス・ネヴィルは彼女のことを気にいるのであった。大佐とその一同が独占している部屋以外に彼女にあてがえる部屋は宿にはなかったので、ミス・ネヴィルは恩着せがましいさと好奇心から、デルラ・レビア嬢に自分の部屋に彼女が寝るための空間をなんとか用意しようとした。

コロンバはその心遣いに対する感謝の単語をいくつか口ごもるように言ってから、ミス・ネヴィルの小間使いの女の後を急いで追って日照りと埃の中を馬に乗ってやってきた旅行者として必要な化粧をしに行った。

客間の方に戻ってくると、狩り用のために部屋の片隅に置いてあった大佐の銃の前に足を止めた。

「素敵な銃ね！」と彼女は言った。「お兄さんの銃なの？」

「いや、大佐殿のイギリス製の銃だ。見かけだけでなく性能も立派さ」

「お兄さんも同じような銃を持っていたらいいのに」

「その三つの銃の中の一つはデルラ・レビア君が持っていてもなんら遜色ないのがあるね」と大佐が大声で言った。「彼の銃の腕前は申し分ない。今日は十四発撃って、十四匹仕留めたのさ！」

たちまち気前と遠慮の戦いができ、それにはオルソが負けるのであった。他方妹の方は大いに喜び、さっきまでずっと深妙な面持ちだったのに、突然子供のような輝いた表情が浮かび上がったことから容易にそのことを察することができるのであった。

「さあ君、好きなのを選ぶんだ」と大佐は言った。オルソは遠慮して断った。

「そうかい、なら君の妹のお嬢さんが君の代わりに選ぶことにしよう」

コロンバはその言葉を繰り返すようなことはさせなかった。彼女は最も飾り気がないが銃口が大きいマントン製のものであった。

「これなら弾丸はずっと遠くまで飛ぶでしょうね」と彼女は言った。

兄の方はどうお礼をしていいのか当惑していて、ちょうど都合よく夕食が運ばれてきてなんとかこの事態から身を引くことができた。食事のテーブルにつくのを嫌がり兄の目の目線でやっとテーブルについたコロンバが、食事をとる前に誠実なカトリック信者として十字を切るのを見て、リディア嬢は楽しく思った。

「いいね、これこそ原始的っていうものよ」と内心思った。

そしてコルシカの古き風習の若き代表者とも言うべき彼にこれからも好奇な観察を続けようと決心した。オルソにとっては妹が自分の故郷を思わせるようなことを何か言い出したり、あるいはしでかしたりしないかと明らかに不安になっていて、居心地悪く感じていた。だがコロンバの方は、ずっと兄を見遣っていて、振る舞いも兄に合わせていた。時々兄をじっと見つめていた彼女は悲しげな奇妙な表情をするのであった。そういう時に兄と妹の目線がお互い合うと、最初に目を逸らすのは兄の方で、まるでそれは妹が自分に口に出さずとも投げかけている問題、それも自分がよく理解している問題から身を引きたいと思っているかのようだった。大佐はイタリア語ではうまく言いたいことを表現できなかったため、一同はフランス語で話した。コロンバはフランス語を理解し、それどころか主たちと突然交わさざるを得なかった時の言葉も、相当上手に発音した。

夕食の後、大佐は兄と妹の間にあるぎこちない空気に気付き、コロンバさんと何か二人で話したいことがあるのではないかといつもの素直な態度で訊いた。そしてその場合、自分と娘は隣にある部屋に行っても良いとした。だがオルソはその好意に感謝しつつも、ピエトラネーラに行けば二人で話す時間はたっぷりできると慌てて返した。ピエトラネーラという名は、オルソが滞在する予定だった名前である。

大佐はいつもの長椅子の上に座り、ミス・ネヴィルはいくつかの話題を試しに振ってみたが、ミス・ネヴィルの口を開かせることに絶望して、オルソにダンテの詩歌を読んでくれないかと訊いた。その詩歌は彼女のお気に入りだった。オルソはフランチェスカ・ダ・リミニ[vii]の話のある地獄篇を選び、その驚嘆すべき美しさの三行詩を最善の努力で抑揚をつけながら朗読し始めたのだが、その箇所は愛の書物を二人の前で読むことの危険性を十分に表していた。オルソが朗読していくにつれて、コロンバはテーブルの方に身を寄せていき、下げていた頭を上げた。

その瞳は異常とも言える煌めきを強く放っていた。顔が赤くなったり青くなったりして、椅子の上で痙攣したように身を動かしていた。驚嘆すべき出来のイタリア人だ、詩を理解するにあたって衒学者がわざわざ美について説明してくれる必要がないのだから！朗読が終わったとき彼女は大声でこう言った。

「なんて美しいの！誰がその詩を作ったの、お兄さん？」

オルソは少しばかり狼狽して、リディア嬢はこの詩はフィレンツェ生まれで何世紀も前に亡くなった詩人による作品であると微笑みながら答えた。

「ピエトラネーラへと戻ったらお前にもダンテを読ませてやるよ」

「ああ、そうだったらどれだけ素敵なの！」とコロンバは繰り返した。そして記憶に留めていた三つか四つの三行詩を口にしたが、最初はそっとした声だったがだんだんその声は活気だっていった。そしてついには大声で、兄が朗読した時よりも表情をつけて声にするのであった。リディア嬢はびっくり仰天した。

「よっぽどあの詩が気に入ったようね、ダンテを初めてのように読むなんてとても羨ましいわ」

「ご覧になったでしょうミス・ネヴィル、ダンテの詩行にはどれほどの力が秘められているか。『パテール』しか知らないこの未開の小さな娘をもこんなに動かすのですからね……。いや、どうにも勘違いをしておりました。よく考えてみればコロンバはこのことにかけては手慣れています。子供の頃からずっと詩作について彼女は励んでいて、父はピエトラネーラとその周囲訳八キロでボチェラトリス[viii]として彼女に敵う人間はいないと私に書いて寄越したことがあるのですよ。

コロンバは懇願するような目を兄に投げた。ミス・ネヴィルはコルシカには即興詩人がいることを小耳に挟んだことがあり、その一人から是が非でも詩歌を聞きたいと思っていた。そこですぐさまコロンバに己が力量をぜひ見せてほしいと頼んだ。オルソは二人の間を割って入った。というのも妹の詩的な才分をありありと思い起こされることに嫌な気分を抱いていたからである。

コルシカのバラードよりもつまらぬものなんてないですよ、ダンテの詩の後にコルシカの詩を朗誦するなんて祖国への裏切りですよと強く口を挟んでも無駄だった。ただミス・ネヴィルの興奮をより刺激するだけであった。そしてどうにもならなくなりついに妹にこう言った。

「じゃあ何か即興で歌ってくれ、ただ手短にな!」

コロンバはため息をつき、一分ほどテーブルの敷物をじっと見つめ、今度は天井の梁に目を向けた。やがて鳥の周囲にいる者たちが自分自身を見えないなら鳥もまた周囲から見られることはないと信じて安堵したように彼女は手を目に当てて歌い出した。いやむしろどこか動揺したような声でセレナーデを詠じるのであった。その歌詞は次の通りであった。

若い娘とモリバト

山のはるか向こうにある谷間において、――太陽が昇るは一日のただ一時間のみ――谷間においてて陰鬱な家が一軒あり――敷居の上に草が生えていた――扉も、窓も、いつも閉まっていた――屋根から煙が立ち上ることもなし――だが真昼になり、太陽が昇るころ、――窓が一つ開く――孤児が座っていて、糸車を紡ぐ――彼女は糸を紡ぎ、紡ぎながら歌う――それは悲しい歌――だがその歌に応える歌はなし――ある日、ある春の日――モリバトが隣の樹に身を置く――そこで若い娘の歌を聴く――その鳥は言う、若い娘よ一人で泣くことはない――残虐な禿鷹が我が友を奪い去った――モリバトよ、友を奪ったという禿鷹を私に見せてくれ――雲よりも高くいようとも――私がそれを地面に叩きつけてやろう――だが哀れな娘よ、一体誰に私に我が兄を返してくれると言うのだろうか――今は遠い国にいる私の兄を？――若い娘よ、お前の兄がどこにいるのか教えてくれ――そして我が翼でその人の側へと参ろう

五

「随分と気高いモリバトだな！」とオルソは妹をキスしたが、装った冗談めいた口調とは正

反対の感情が表れ出ていた。

「とても素敵な歌だった」とリディア嬢は言った。「私のアルバムにあなたの歌を書いてほしいくらい。それを英語に訳して音楽もつけましょう」

律儀な大佐は、実際は一言も理解できなかったのに、娘の並べるお世辞に加わった。さらにこう付け加えた。

「あなたの話したモリバトというのはですよ、お嬢さん、今日クラポディーヌ風にして食べた鳥じゃあありませんか？」

ミス・ネヴィルはアルバムを持ってきて、女流の即興詩人が奇妙なやり方で紙を使い先ほどの歌を書き込んでいくのを見て少なからず驚いた。一行一行分けて大きく書いていくのではなく、各々の行に紙が許す限り詩行を書き込もうとしていて、詩の構成としてよく知られた規則「短い行で、長さは不均等に、両側には余白を置く」はもはや遵守していなかった。さらに、コロンバ嬢の少しばかり気まぐれめいた筆跡にはどこか注目を引くところがあったが、再度ミス・ネヴィルを微笑ませ、他方オルソの兄としての誇りはひどく悶えることとなった。

寝る時間になり、二人の娘は彼女たちの部屋へと戻った。そこでリディア嬢は首飾りやブレスレットやバックルを外している間、相部屋のコロンバが衣装からコルセットのようだが形状は随分と異なった何か長いものを引っ張り出したのを目にした。コロンバはそれを慎重に取り扱い、人目を忍んでいるかのように机の上に置かれたメッツァーロの下に隠した。そして跪き、祈りを捧げるのであった。二分経過した後、ベッドについた。生来好奇心旺盛で、イギリス人らしく着替えるのに時間をかけていたリディア嬢は机のほうに身を寄せて、ピンを探すようなふりをしてメッツァーロを持ち上げると、螺鈿と銀によって数奇な細工が施された必要以上に長い短剣を目にするのであった。その出来栄えは見事だった。年季が入っており、その道の愛好家にとっては大きな価値を持つものである。

「お嬢さんたちがこの小さな道具をコルセットの中に入れておくのがここの習慣なの？」とリディア嬢は微笑んだ。

「そうするしかないの」とコロンバはため息をついた。悪い奴らがたくさんいるんだから！」

「そいつらみたいに一突き入れてやることは本当にできるの？」

そしてミス・ネヴィルはその短剣を手に持ちながら。劇の芝居みたいに上から下へと降る身振りをした。

「ええ、私や私の友人たちを守る為に必要ならば……」とコロンバはや優しく音楽的な声で言った。「でも握り方はそうではありません。その握りで振って相手が身を後ろに引いたら自分が怪我をしてしまいます」。身を起こしてさらに続けた。「ほら、こういう具合に、突き上げて振るのです。そうすれば相手に致命傷を与えられると言われています。こんな武器を使わなくていい人は幸せね！」

コロンバはため息をつき、頭を枕の上に投げて両眼を閉じた。これほど美しく、高貴で、純潔な顔はとても見られるものではない。フェイディアスもミネルヴァを彫るためあたって、これほど最適なモデルはいないと思ったことだろう。

六

私が最初に「事物の真ん中【in medias res】」からいきなり描いたのはホラティウスの命じた掟に従うためである。登場人物たち、美しきコロンバ、大佐、その娘が皆眠りに入っている今、今こそ読者諸君に対してこの真実な物語にこれ以上入り込もうとするなら知っておかなければならない具体的事項のいくつかについて説明するのが最適な時期と言えるだろう。オルソの父であるデルラ・レビア大佐が酷く死んだことは既にご存知であろう。ところでフランスとは違ってコルシカでは、脱獄囚が銀の食器を盗むにあたって最適な手段が思い浮かばず、結果奪い取るにあたって見知らぬ持ち主を殺すようなことはない。人は敵によって殺されるのである。しかし敵対関係となるその動機については、説明することがとても難しいことがしばしばだ。古くからの習慣によって憎み合っている家庭も相当あり、その憎しみの元々の原因となった言い伝えはもう完全に失われてしまっている。

デルラ・レビア大佐が属していた一家は他の多数の家庭ともいがみあっていたが、バリッチニ一家とは殊に仲が悪かった。誰かが言うには、十六世紀にデルラ・レビア一家の一人がバリッチニ家の女性を誘惑したのだが、侮辱されたその娘の親によって短剣で刺されたことがあったそうだ。実際は違った出来事だとして話す人もいて、誘惑されたのはデルラ・レビア一家の女であり、刺されたのはバリッチニ家のものだと主張する。広く知られた表現方法を借りるのならば、二つの家の間に血が流れたというわけだ。しかし一般的な慣習とは違い、その殺人に続く形でまた別の殺人を引き起こした訳ではなかった。デルラ・レビア一家とバリッチニ一家はジェノヴァの政府から等しく迫害されていたのであり、若者たちは故郷から追放されていたため、両家とも代表者として精力旺盛な者たちは多数の世代にわたっていないという状態にあったのである。前世紀の終わり頃、ナポリで軍務に従事していたデルラ・レビア家の一人が賭博場で軍人たちと口論になったことがあったが、互いに言い合った罵詈雑言でレビア家のその人に対してコルシカの山羊と呼んだ。その罵り言葉を聞くと彼は手に剣を握った。だがこちらは一人に対して相手は三人いて、その場に言わせた見知らぬ人が「俺もコルシカ人だ！」と叫び助けてくれなかったらとんでもない目にあっていたところであった。その見知らぬ人というのはバリッチニ家の者だったが、同国人同士互いに面識はなかった。互いに紹介して相手のことを知ったら、とても丁寧な挨拶を交わし永遠の友情を誓いあったのだ。こうなったのも、コルシカ人たちは故郷の外の大陸では簡単に仲を深めるが、故郷においては全くの逆である。この事態を鑑みても、そのことは容易にわかる。デルラ・レビアとバリッチニはイタリアにいる間は深い親友関係のままだったがコルシカに戻ると、同じ村に住んでいるにも拘らず互いに会うことは稀になり、彼らが死去した時は互いに話さなくなってから五、六年経過していたとのことだった。彼らの息子たちも、コルシカ島で表現として使われるように「同じ礼儀作法」で暮らした。他方のギルファァチオはオルソの父であり軍人であった。他方、ジウディッチェ・バリッチニは弁護士であった。互いに一家の長になり各々の職業によって離れ離れになり、互いに会ったり相手の噂を聞いたりすることはほとんどなかった。

だが一八〇九年のある日ジウディッチェが、バスティアが新聞を読んでいて、ギルファァチオ将軍が勲章を授かった記事を目にした時に公の前で、驚くようなことでもない、〇〇将軍がオルソ一家と結びついて助けてやってるのだからな、と言った。この言葉がヴェネツィアにいたギルファァチオの耳に報せられたら、自分がコルシカに戻る頃にはジウディッチェは大した金持ちになるだろう何せ勝訴した時よりも敗訴した時の方がたんまりとお金が入ってくるんだからな、ということを同国人に伝えた。この言葉は当の弁護人が依頼人を裏切ったのか、それとも形勢の悪い訴訟の方が勝ちの容易い訴訟よりも弁護士にとって儲かるという周知の真理に過ぎないのか人々はわからなかったが、ともかく真意はなんであれ、バリッチニ家の弁護士はその毒舌言葉を耳にし、これを決して忘れることはなかった。一八一二年に、自分の村の村長に任命されたいと申し出て実際になれる見込みが十二分にあったのに、〇〇将軍が知事にギルフォチオの妻の親を村長として推薦する旨の手紙を認めた。知事はその将軍の推薦にすぐさま応じ、バリッチニは自分が村長になれなかったのはギルフォチオの奸計のせいであると信じて疑わなかった。皇帝の失脚後、一八一四年に、将軍によって保護されていた者がボナパルト主義者だと密告され、バリッチニがその者の地位に代わって就いた。だが「百日天下」の時に今度はバリッチニが罷免されるに至った。だがこの嵐の後では、彼は村長としての印章と戸籍簿を堂々と再度手にすることができたわけである。

この時から、彼の星はかつてないほどに輝いたのであった。予備役となりピエトネーラへと退いたデルラ・レビア大佐は、絶え間なく繰り返される紛糾めいた訴訟に対して無言で抗戦しなければならなかった。ある時は、大佐の馬が村長殿の囲いに損害を与えたとしてその賠償を求められたこともある。また別の時では、教会の舗装を修繕するという口実の下、デルラ・レビア家の紋章がついている割れた敷石を取り除けるように言われたが、その石は一家のうちの一人が眠る墓を覆っていたのである。もし山羊が大佐の若木を食べるようなことがあれば、その山羊の所有者は村長に庇護を求めるのであった。さらにピエトラネーラの郵便局を経営していた食料品屋、また負傷によって軍を辞めた老いた農村保安官、この二人はデルラ・レビア家によって保護されていたが彼らは罷免されていき、バリッチニの取り巻きが代わりにその職についた。

大佐の夫人が亡くなる寸前に、よく好んで散歩していた小さな森の真ん中に埋葬して欲しいと述べたが、すぐに村長は、独立した墓を設けることは権限上許可していない以上、彼女は村の墓地に埋葬されることになるとした。激怒した大佐はその許可を待つまでの間、自分の妻は彼女が選んだ場所に埋葬されるとし、当該場所に穴を掘らせた。他方で村長も、許可している墓地にて穴を掘らせそこに憲兵を派遣した。そして法に従うためだと彼は述べた。埋葬の日、二つの派閥が互いに対峙し、デルラ・レビア嬢の遺骸の所有をめぐって戦闘が行われるのではないかと人々は不安になった。武装した四十人の農民が故人の両親に連れられて、司祭が教会から出て来て森の道へと歩いていかせるために防衛した。他方で村長は二人の息子、被保護者たち、憲兵たちを連れて、その阻止のために姿を現した。彼らが現れて一同に引き返すように強く命じたら、村長は野次や脅しの言葉を投げかけられた。人数においては相手方の方が優勢であり、決死の覚悟をしていた様子だった。村長の姿を見ると複数の銃の弾が込められた。一人の羊飼いは銃を構えたと言う人すらいた。だが大佐の方は銃を持ち上げてこう言った。

「俺が命令するまでは銃を撃つな！」

そして村長はラブレーのパニュルジュの如く「生まれつきの性格から銃を撃つのをビビって」、戦闘することを拒否し、護衛隊と共に退いていった。そして葬列は進み始め、念入りに遠回りをしたのは、村役場の前を通るためである。

そうやって進んでいくうちに、葬列にいた一人の白痴が突然「皇帝陛下万歳」と叫んだ。二人三人がその声に応じて、レビア派の人たちはどんどん活気だっていき、たまたまそこで道を妨げている村長の牛を殺してしまおうぜと言い始めた。幸いにもそのような暴力は大佐が止めた。

調書が作成されたことは容易に想像がつき、これ以上にないくらい荘重な文体によって村長は知事へと報告書を出し、人間の神なる法が踏み躙られ、村長そして司祭としての権威は無視され侮辱されたことをその調書で嘆いていた。さらにデルラ・レビア大佐は王位継承の順番を変えようとするボナパルト一派の陰謀の先頭に立ち、村民たちが互いに潰しあうように扇動したのであり、これは刑法八十六条と九十一条を犯す行為であるともした。

この誇張した告訴は逆にその効果を損ねた。大佐は知事と首席検察官に手紙を出した。妻の親族の一人はコルシカ島の代議士の一人と繋がっていて、別の親族の者は王立裁判所の裁判長の従兄弟にあたっていた。このような庇護のおかげで、陰謀はもはやなくなり、大佐の妻は森の中で眠ることになり、「皇帝万歳」と叫んだ白痴だけが十五日間投獄される刑が下された。

この件の成り行きに不満だったバリッチニ弁護士は、矛先を変えた。古い証書を引っ張り出してきて、ある水車を回していた水路について大佐が所有権を持っていたのだが、その権利についてバリッチニは争おうとした。訴訟が提起され、それは長い間続いた。一年の終わり頃に、裁判所はいよいよ判決を下そうとし、あらゆる点において大佐に有利であるかのように思われたが、バリッチニ氏が首席検察官に対してアゴスティニという人物の署名がある手紙が提出された。アゴスティニというのは悪党として有名であり、その人物が村長に対して告訴を取り止めないのならお前の家に火を放ち、殺すという脅迫をしたのであった。コルシカでは悪党たちを匿うことはとても感謝されるものであることはご存じの通りで、自分たちを助けてくれたものに対して、個別的な争いに介入することも頻繁にあった。村長はこの手紙を利用しようと引っ張り出そうとしたのだが、また新たな出来事が事態をいよいよ複雑にさせるのであった。アゴスティニが検察官に対して誰かが自分の筆跡を偽造して、それによって自分の影響力を不当に利用するような人物だと看做され、己の人間性が疑われていることを訴えた。「偽造者を見つけだしたら、私は見せしめとしてその者を罰する」という文で手紙を締めくくっていた。

アゴスティニがそのような脅迫文を村長に書いてないことは明らかだった。デルラ・レビアの方はバリッチニがやったとして告発し、相手も同じようにやり返していた。双方とも脅迫し合い、裁判所もどちらが有罪なのか判断がつきかねた。

そうこうしているうちに、ギルフォチオ大佐は殺害された。司法機関の調査によって記録されている事実は以下の通りである。

六

一八XX年八月二日……。すでに日は暮れていた。ピエトリの妻マドレーヌがピエトラネーラへとパンを運んでいたのだが、すぐ近くで二発の銃声が聞こえた。それはどうも自分のいる場所から大体百五十歩ほど離れた村へと続く道からの音のように聞こえた。ほとんどそれと同時に、身を低めながら村へと続いていく葡萄畑の小道の中を駆けていく一人の男の姿も目に入った。するとその男は立ち止まり振り向くのであった。だが距離があったためにピエトリの妻にはその男の顔の特徴がはっきりとはわからなかった。さらにその男は顔のほとんどを覆うような葡萄の葉を口に咥えていたのであった。そしてその男は証人には見えなかった同行者に対して手で合図をして、葡萄畑へと消えていった。

ピエトリの妻は担いでいた荷物を下ろして、駆け足で小道を登っていった。するとデルラ・レビア大佐が血に塗れて倒れているのを見つけた。彼は銃を二発撃たれていたが、まだ息はしていた。彼の傍には装填され撃鉄が起こされた銃があり、あたかも正面から攻撃してきた人物に対して身を守ろうとした時に背後から撃ってきたことを示しているかのようだった。必死に息を喘いで死に対抗したが、一言も発することができなかった。医者が説明するには、肺が銃弾を貫通した傷からくる血によって、息をできなくされたとのことだった。血はゆっくりと真紅の泡の如く流れた。ピエトリの妻は大佐の身を起こしていくつか質問を投げたが、無駄であった。大佐は話したがっていることは見てとれたが、その内容を理解することはできなかった。大佐がポケットに手を入れようとしているのが見てとれたので、彼女は急いでそのポケットから小さな紙入れを取り出してそれを彼に開いて見せた。傷ついた大佐は紙入れの鉛筆をとって何かを描こうとした。実際、証人はどうにかいくつかの文字が綴られるのを目にしたのだが、彼女は文字を読むことができなかったので、その意味を理解できなかったのだ。

この努力によって力尽きて、大佐はその紙入れをピエトリの妻の手に置いた。その手を大佐は固く握りしめ異様とも言える顔つきで彼女の方をじっと見た。それはまるで「これは重要なものだ、俺を殺した奴の名前があるんだ！」と言いたげであった。

ピエトリの妻は村へと上っていくと、バリッチニ村長と一緒にいた息子ヴィンチェンテルロと出会った。すでに夜になりかけていた。彼女は自分が見た光景を話して聞かせた。村長は例の紙入れを手に取って、村役場へと駆けて綬を身につけて、秘書と憲兵たちを呼びつけた。青年ヴィンチェンテルロと二人っきりでいたマドレーヌ・ピエトリはまだ大佐が生きているかもしれないから助けに行こうと申し出た。だがヴィンチェンテルロは一家の仇敵とも言える人物に近づいたら、自分が殺したのだと非難されることは間違いない、と答えた。村長がやがて戻ってきてすぐに死んだ大佐を見つけた。そして遺体を持ち上げて、調書を作成した。

このような異常事態において当然バリッチニも動転していたのだが、それでも彼はすぐに大佐の紙入れに封を施し、権限の許す限りあらゆる捜索を行わせた。だが重大な発見は何も見つからなかった。予審判事がやってくると、紙入れを開いたが血に塗れたページにとても弱々しい筆跡がいくつかの文字が書かれているのが目に入ったが、それらの文字は読み取ることができた。アゴスティ……と書かれていた。そしてその判事は、大佐アゴスティニを自分の殺人者として指していることを信じて疑わなかった。ところで判事に呼び出されたコロンバ・デルラ・レビアは、紙入れを検査させてほしいと頼み込んだ。その紙入れを長い時間かけてめくったら、彼女は村長に向かって手を伸ばし大きな声を出した。

「殺したのはこの人だ！」

そして、悲しみいっぱいで激情していた中驚くべき正確さと明晰さを以て、自分の父が息子から手紙を一通数日前に受け取っていたのだがそれを焼き捨ててしまった。だが焼き捨てる前に、父は紙入れに鉛筆で駐屯地が変わったオルソの新たな住所を書き込んでいた。だが、その住所を書いた文字が紙入れの中に見られないところを考えると、村長はそれが書かれていたページを引きちぎり、そこにこそ父を殺した人物の名前が書かれていたに違いないとコロンバは結論づけた。そして村長の名前の代わりにアゴスティニという名前を別のページに書いたのだ、とコロンバは言うのである。実際、判事もその名前が書かれている紙入れの手帳には一ページ分抜けているのを見た。だがやがて同じ紙入れの別の手帳にも同様にしてページが欠けていることに気づき、他の証人たちも大佐がタバコを吸うとき紙入れのページを破る習慣があると証言した。それ故大佐が書き写したオルソの住所をついうっかり破って焼いたということは十分にあり得ることだった。それに村長がピエトリから紙入れを受け取った時、周囲は暗かったので内容を読むことができなかったと指摘する者もいた。村長は村役場へと入るまで足を止めることはなかったということも証明され、憲兵隊の隊長が村長に随行していた時、村長はランプを灯して紙入れを封筒に入れて隊長の目の前で封をした、ということもわかった。

隊長の証言が終わると、我を失ったコロンバは隊長の足元に跪いて、神に懸けて彼が村長の側を一瞬たりとも離れなかったかどうかはっきり言ってくれと懇願した。やや物怖じした憲兵隊長はその若い娘の興奮した様に心動かされたようで、隣の部屋に大きな紙を一枚探しにいったがそれはせいぜい一分程度で、自分が引き出しの中を当てずっぽうに探している間も村長は自分に向かってずっと話し続けていたと述べた。その上、入ってきた時机の上に投げておいた血染めの紙入れは自分が戻った時も相変わらず同じ場所にあったと証言した。

バリッチニ氏は最大限の平静さを保って証言した。デルラ・レビア嬢が興奮しているのも無理もなく、自己の弁護にはいくらでも応じると言った。彼は夕方の間はずっと村にいて、犯行時刻には息子のヴィンチェンテルロと一緒に村役場の前にいて、そして息子のオルランデュチオは同じ日に熱を出してベッドから一歩も離れなかったと証言した。自分の家にあるあらゆる銃を提示したが、最近発射したという痕跡はどこにもなかった。さらに紙入れのことについて、とても重要なものだと看做していたので、封をして助手の手に渡したという旨も付け加えた。大佐とは確執状態にあったので自分に嫌疑がかけられることもあり得ると予測していたからである。そして最後に、アゴスティニが自分の名前を偽の筆跡で書いた人間を殺すと脅したことを思い起こさせ、その憐れな奴がおそらく大佐がその人物だと疑い殺したのだということを仄めかした。山賊たちの風習として、それと類似したような動機によって同じような復讐を企てるという例は、今までもないではなかったのである。

デルラ・レビア大佐が死んでから五日後、アゴスティニは選抜歩兵の派遣隊に突然襲われて必死になって応戦したものの殺された。その男からコロンバからの手紙が一通発見されたのだが、その手紙は大佐殺害の嫌疑について実際に殺したのか殺していないのかをはっきり公言してほしい旨を懇願していた。その悪党はそれに返事することはなく、自分が殺害した父の娘に対して真相を告白するだけの勇気を持っていないものと大雑把ながら結論するに至った。だがアゴスティニの性格をよく知っていると主張する者たちは、もしあいつが大佐を殺したなら自慢気にそのことを語るだろうと小さい声ながら言うのであった。ブランドラティオの名で知られる別の悪党は、コロンバに対して自分の同胞の無罪を名誉に誓って主張する旨の声明書を渡した。だがそのために彼が援用していたただ一つの証拠は、アゴスティニが筆跡の偽造について大佐を疑ったことは一度もないということだけであった。

結論としてバリッチニ家の人たちは心配することは何もなかったのである。予審判事は村長に対して賛辞をたっぷりと呈して、その素晴らしい振る舞いに対して彼がデルラ・レビア大佐と係争していた水路の要求について取り下げさせることによりさらに華を添えるのであった。

コロンバは自国の慣習に従い、集まった友人たちの前で父の遺体の前でバラッタを詠唱した。彼女はその歌にバリッチニ家に対する満身の憎悪を含め、はっきりと彼等が殺したのだと非難し、兄が必ず復讐すると威嚇するのであった。船長がリディア嬢の前で歌っていたのは、この件によりとても知れ渡ることになったこのバラッタである。父の死の報せを聞いた時オルソは当時フランス北部にいたのだが、休暇を申し出たのだが受け入れられなかった。妹の手紙を最初読んだ時、バリッチニ家の仕業だと思ったのだが、やがて予審判事による調書全ての写しも受け取り、判事自身からも個別の手紙がきてそれに目を通すと実際に殺害し得たのはならず者のアゴスティニだけだというほとんど確信に近い気持ちをオルソは抱くのであった。ただ彼女からしてみればそれは決して疑いではなく、はっきりとした証拠のあるものだった。オルソとしても妹の糾弾は普段の彼らしくもなく、故郷のコルシカ人としての血を沸き立たせ、もう少しで妹の先入観を自分も共にしようという気になることもあった。だが彼が妹に手紙を認める時はいつも、お前の主張にはしっかりした証拠があるわけでもなく、とても信じられるものではないと書いた。こういうことはもう触れないでくれとすら書いたが、結局毎回無駄で彼女はやはり訴え続けるのであった。こんな具合で二年が過ぎたのだが、その果てに彼は予備役として休職状態になったのである。その時彼はもう一度故郷に戻り、それは無罪だとオルソが思っている人たちに復讐をすることではなく、妹を結婚させ、わずかだがヨーロッパ大陸で生活できるだけの価値のある財産があるのなら売っ払ってしまおうとするためであった。

七

妹の到着がオルソに生まれ育った家の思い出をより強く心に浮かばせたためか、あるいは文明的な友人たちの前でのコロンバのどこか未開のような衣装や振る舞いに多少苦々しく思ったのか、彼は早速明日アジャクシオから離れピエトラネーラへと戻ると言った。だが同時に大佐に対しては、バスティアに来られた時はつつましいですが拙宅に一泊され、そのお返しとしてそこで鹿、雉、猪その他の動物の狩猟を約束させた。

オルソが出発する前日、狩猟に行く代わりに湾に沿って散歩しましょうと申し出た。リディア嬢に腕をかしていた彼は、自由気ままに話すことができた。というのもコロンバは買い物のために街に残っていたし、大佐の方は鴎やブナを撃つために頻繁に二人から離れていたからである。通行人たちはその程度の獲物に対して弾薬を無駄にすることが怪訝に思われ、大いに呆れていたものだった。

彼らは入江の最も美しい景色が見渡せる「ギリシア人たちの礼拝堂」へと続く道を辿っていった。だが彼らは景色のことなど気にも留めなかった。

「リディアさん」とオルソは狼狽してしまうくらい長い沈黙を破った。「正直な所、妹のことをどう思います？」

「とても好ましい人物ね」とミス・ネヴィルは答えさらに微笑みながら続けた。「あなた以上のね。だって彼女は本当にコルシカ人らしいから。それなのにあなたはあまりに文明的になりすぎた未開人ね」

「あまりに文明的に……！どうなのでしょう、ここに戻って来て以来自分らしくなく、また未開人に戻ってしまいそうな気がしてならないのです。いくつもの恐ろしい考えが私を取り乱し苦しめるのです……。そして私が人気のない所へと入り込んでいく前に、少しあなたとお話しする必要があります」

「勇気が必要ね、オルソさん。妹さんの忍従をご覧なさって。あなたにとっての手本よ」

「そんなこと！勘違いしてはいけませんよ。あの忍従ぶりを信じちゃ駄目です。あれは私に対してただの一言も話していませんけれども、私に向けるその眼差し一つ一つにあれが私に期待していることを読み取ったのですよ」

「それで一体彼女は何をあなたに望んでいるの？」

「いや、大したことじゃないですがね……ただあなたのお父様が使っている銃がシャコを撃つときと同じくらい、人間を撃つ時に役立つかどうか試してみろってだけです」

「なんて考え！それにそんな風に推測するあなただって！たった今、あなたに彼女はまだ何も言っていないと口にしたばかりじゃありませんか。恐ろしいのはあなたの方よ」

「もし彼女が復讐について考えていないのならば、何よりもまず父のことを口にしたはずです。でも実際は全く口にしない。あるいは父を殺したと考えている人物たち、勘違いだとは分かっていますが、も口にしたはずです。ところがどうでしょう、全く、一言も話さないのですよ。ご存じのとおり、我々コルシカ人は強かな人種なのです。妹は私を完全に支配下には置いていないことをわかっているのですよ、そして私が彼女から逃げていける間は私を怖がらせたくないのです。崖のぎりぎりへと一旦私を誘導して目眩がするようになったら、私を深淵へと突き落とそうとするのですよ」

さらにオルソはミス・ネヴィルに対して父の死についての立ち入った話をいくつかして、アゴスティニが殺害した張本人であると看做される主な証拠について述べて聞かせた。

「コロンバのやつの説得のために色々やりましたけど、甲斐なしでした。それはあいつの一番最近の手紙を見て悟りました。あいつはバリッチニ家の殲滅を宣誓しているのです。そして……ネヴィルさん、これを伝えるのはそれほどあなたのことを信頼しているからなのですが、もしかするとあいつらはすでにこの世にはいないかもしれません。もし、あいつが野蛮な教育が原因と言い訳はできるでしょうが、復讐の実行は家長として私の権限に属していて、それには私の名誉がかかっていることをあいつが知ってさえいたらね」

「まあ本当、デルラ・レビアさん、実の妹さんをそんな風に邪推するものじゃなくてよ」と

七

ミス・ネヴィルは言った。

「いいえ、あなた自身がそう言ったではありませんか……。あいつはコルシカ人だって……。コルシカ人が皆考えるようなことをあいつも考えるのです。どうして昨日私が悲しかったかわかりますか?」

「いいえ、でもここ最近はあなたは憂鬱そうに見えることが多かったけど……。私たちが最初に知り合った頃は楽しげだったけど」

「昨日は実は事情は逆で、いつもより陽気だった位ですよ。妹に対してとても親切に寛大に接してくれたのですからね……!大佐と私はボートで戻っていきました。船頭の一人があの忌々しい方言で私に何と言ったかご存じで?『いい具合に獲物を狩りましたね、オル・サントン、でもオルランデュチオ・バリッチニはお前よりも腕のいい狩猟家だぜ』って言ったのですよ」

「そうなの、でもそんな言葉の何がそんなに恐ろしいって言うの?狩猟を上手にできるのはあなただけとでも言いたいの?」

「いいえ、あなたはそいつが私にオルランデュチオを殺す勇気がないと言ったのが見えないのですか?」

「ねえ、デルラ・レビアさん、そんな言葉を聞くと怖くなってしまう。どうもあなたの島というのは人を熱病にさせるだけでなく、狂ってしまうようですね。幸いにも間もなくこの島を離れることになるけれど」

「ピエトラネーラに来るまでは出ていけませんよ。だって妹に約束したじゃありませんか」

「それでもしその約束を破ったら、何か復讐されることになるわけ？」

「この前あなたのお父さんがインド人について話していたのを覚えています？ そのインド人たちは自分たちの要求を呑まないというのなら断食して自殺すると会社の役員たちを脅したという話」

「つまりあなたも断食して自殺するということ？ そんなことが。一日だったら何も食べないことはできるでしょうけど、コロンバさんがとても美味しそうなブロッチョ[ix]を持って来てくれれば、そんな断食計画なんてすぐに放り投げるよ」

「随分と手ひどくからかうものですね、ネヴィルさん。もっと手心というものが欲しいです。ご覧のとおり私は一人ぼっちです。あなたが言うように、私の気が狂ってしまわないためにはあなたしかいないのです。あなたは私の守護天使だったのですが、今は……」

「今は」とリディア嬢は真剣な口調で言った。「そうも簡単にぐらついてしまう理性を支えるために、あなたの人間としての栄誉があるのです。そして……」。花を摘もうとして彼女は振り向いた。「あなたの守護天使としての思い出も、あなたにとって何かの支えになるかもしれませんわね」

「ああ！ネヴィルさん、あなたが実際に多少でも興味持ってくれると考えることができたなら……」

「聞きなさい、デルラ・レビアさん」とミス・ネヴィルは少し心動かされて言った。「あなたは子供のように振る舞うのだから、子供として取り扱います。私がもっと小さかった頃、お母さんは私がとても欲しがっていた首飾りをくれたことがあるのだけれど、その時彼女はこう言ったわ。『お前がその首飾りを身につけるたびに、フランス語をまだ理解できていないことを覚えておくんだね』ってね。その言葉を聞いて以来、その首飾りの価値は幾分か下がりました。まるで良心コロンバの癇癪のような存在になってしまったわ。でも私はその首飾りをつけてたし、フランス語も学んだ。この指輪が見えるよね？エジプトにあったコガネムシ形のもので、しかもピラミッドの中にあったものなの。とても変わった形をしていてビンと思ってしまうものだけど、人生について表していると聞くわ。象形文字にとてもよく精通している人は私の国にはたくさんいるの。その隣にあるこれは槍を握っている腕も付随している盾だけれど、これは戦い、戦闘を表していると聞くわ。この二つの文字を組み合わせると一つの格言が生まれてくるのだけれど、それが私にとってとても素敵に思えるの。つまりね、『人生とはこれ戦いなり』という訳。私が象形文字をすらすらと訳す人物だとは思わないでちょうだい。知識をひけらかすことが大好きな学者が私にこのことを説明してくれたの。ほら、このコガネムシをあなたにあげるよ。何かコルシカめいた悪い考えが頭に浮かんだら、私のお守りを見て自分と自分の醜い感情との戦いに勝利者として出て来なければならないことよ。それにしても私案外説教するの、下手ではないね」

「あなたのことを考えますよ、ネヴィルさん、そして私に自分に言い聞かせるでしょう……」

「あなたが絞首台で吊るされたら、悲しみに暮れる女の友達がいると言い聞かせるのよ。それにもしそんなことになったら、あなたのカポラルの先祖の方たちをどれほど苦しませること」

こう言うと、彼女は笑いながらオルソの腕から離れ、父のところへと駆けていった。

「お父さん、こんな可哀想な鳥なんて放っておいて、私たちと一緒にナポレオンの洞窟で詩的な情緒を味わいましょうよ」

八

少しの期間別れるだけであっても、いよいよ出発となればどこか厳かな空気が漂うものだ。オルソは妹を連れて朝とても早く発たなければならず、前日の夜にあらかじめリディア嬢に別れを告げていた。というのもいつも早起きしない彼女にわざわざそういう労を取らせるようなことはしたくなかったからである。彼らの別れの挨拶は冷淡で重々しいものだった。彼らの岸辺での会話以来、リディア嬢は自分の余りに活烈な興味をオルソに示してしまったと不安に思い、オルソはオルソで彼女の冷ややかしやその軽々しい口調が心から離れなかった。一瞬、この若いイギリス人女性の振る舞いに愛情が萌していると見てとったような気がしたこともある。今では、相手のからかいの言葉に狼狽していて、彼女からしてみれば自分は単なる知っている人であり、やがて忘れてしまう関係にあると自分に言い聞かせた。だから朝に大佐と一緒にコーヒーを飲むため座っていたところ、リディア嬢が妹を後ろに引き連れて入ってくるのを見た時、大いに驚いたのである。彼女は五時に起床したのであり、そのように早起きすることはイギリス女性、特にミス・ネヴィルにとって多大な労力を払わなければならないのであり、オルソはその事実からいくらか誇らしげに思った。

「朝に迷惑駆けてすみませんね」とオルソは言った。「私が忠告しておいたのに朝早く起きるなんてどうせ妹のせいでしょう。それで私たちのことを忌々しく思って、私が絞首台で吊るされていればいいと考えていましたか？」

「いえ」とリディア嬢はとても小さい声でしかもイタリア語で言った。明らかに父に意味を理解してほしくなかった。「ただあなたは昨日の私の悪気のない冗談に気分を害したでしょう、それであなたの下僕に対して嫌な思い出を持ったまま出発してほしくなかったのよ。あなたたちコルシカ人たちは何て恐ろしい人たちなの！ではさようなら。そしてまた今度、だといいけど」

そして彼女はオルソに手を差し出した。オルソはそれにはため息をつくことでしか応じることができなかった。コロンバは彼の方に身を寄せて、窓の側面へと連れていった。そしてメッツァーロの下に隠しているものを取り出して彼に見せて小さい声でしばし話した。そしてオルソはリディア嬢に対してこう言った。

「妹があなたに何か変わったものを贈りたいとのことです。私たちコルシカ人は贈与するための大したことは持っていません……。我々の愛情を除いてね……。まあこれは時の流れによって消えることはありませんが。妹が私に言うには、あなたはこの短剣を物珍しげに見ていたとのことです。これは我が一家に古くからあるものです。おそらくカポラルの一人がかつて腰に取り付けていたものでしょうが、そのカポラルのおかげであなたとお近づきになる誉れができたのです。コロンバはこれを貴重な品だと思っていて、あなたにこれを差し上げるためにわざわざ私の許可を取ってきたのです。とはいえ私にしてみれば許していいかどうかとても考え込んだのですが、というのも逆に私たちのことを笑ってしまうんじゃないかと恐れていましたからね」

「とても素敵な短剣ね」とリディア嬢は言った。でもあなたたち一家の武器でしょう。とても受け取れないよ」

「私の父の短剣じゃないのです」と興奮してコロンバは大声で言った。「コルシカの王テオドールから母の祖父に授与されたものなのです。もしリディアさんが受け取ってくだされば、とても嬉しいことです」

「さあリディアさん、国王の短剣です。無下にしてはいけませんよ」

この手のものが好きな好事家にとって、テオドール王の遺品は最も権勢のある君主よりも比較にならぬほど価値のあるものだった。その誘惑は強大で、リディア嬢はすでにもうこの武器がセント・ジェイムズ広場にある彼女の住まいの漆塗りされた机の上にこれを置いた時に生み出す効果が眼前に浮かぶかのようだった。

「でも」と実際は欲しいながらも躊躇する様子をしながら短剣を手に取り、コロンバにこの上ない優し気な微笑みを向けつつ言った。「コロンバさん……。私にはとても……。そんな武器のない状態で出発させるなんてとても出来ないよ」

「兄が私と一緒にいます」とコロンバは自負心を以て言った。「それにあなたのお父さんから頂いたあの立派な銃もありますから。兄さん、弾丸は込めてありますか？」

ミス・ネヴィルは短剣を手にしていて、コロンバは自分の友人に切ったり突いたりできる武器を与える事によってもたらされる危険を回避するために、その代金として一スー要求した。

ついに出発の時間がやってきた。オルソはもう一度ミス・ネヴィルの手を握った。コロンバは彼女にキスをした。そしてピンク色の唇を大佐にも差し向けたが、そのコルシカ的な礼儀作法にすっかり驚嘆してしまった。客間の窓から、リディア嬢は兄妹が馬に乗っていく姿を見た。コロンバの目は今までリディア嬢が気づかなかった邪な喜びで輝いていた。この恰幅の良く、野蛮な栄誉の考えに取り憑かれ、額には自負心を醸し出し、冷笑的な笑みによって唇が曲がっている女が不吉な遠出として武装して青年を連れていく姿を見ていると、オルソの不安が思い起こされた。そしてまるで悪霊がオルソは破滅へと引き摺っていく姿を目にしているかのように思った。すでに馬に跨っていたオルソは、頭を上げてリディア嬢の姿が目に入った。彼女の考えていることを察知したのか、あるいは最後の挨拶をするためなのか、ともかく、彼は紐につけていたエジプトの指輪を取ってそれを自分の唇に近づけた。リディア嬢は顔を赤らめつつ窓から離れた。だがすぐに戻ってきて、二人のコルシカ人が跨っている仔馬を早足で走らせつつ、山々の方へと向かって遠のいていくのを見るのであった。三十分経過した後、大佐は望遠鏡を用いて、二人が湾の奥に沿って山を登っていく姿を彼女に見せた。そして村の方へとしばしば振り返るオルソの姿が目に映った。そしてついに今日では綺麗な苗床に取って代わっている沼地の奥へと、彼らは消えていった。

リディア嬢は鏡を眺めていて、自分の顔が蒼白になっていることに気づいた。

「あの青年は私のことどう思っているんだろう？」と彼女は言った。「そして私も彼のことをどう思っているというの？大体どうしてこんなこと考えているの……？旅行でただ知り合っただけじゃない……！私は一体何しにコルシカに来たんだろう……？あら！私は彼を愛してなんかない……。ない、ない。それにそんなこと無理……。それにコロンバは……私が女流即興詩人の義理の姉になるなんて！大きな短剣を持ち運ぶ彼女の！」だが彼女は自分もテオドール王の短剣を握っていることに気づき、それを化粧台に放り投げた。「コロンバがロンドンにいて、アルマックスのクラブで踊ったりしたら……！なんたるライオン[5]でしょう、全く、大した見せ物よ……！さぞや皆を熱狂させることでしょうね…あの人は私を愛している、それは確か……これは小説の主人公で私がその冒険を中断させたわけ……。でも本当にコルシカ流のやり方で自分の父の復讐を果たそうという気はあったのかな……！コンラッドとダンディとの間にある

5　原注：この時代のイギリスでは、何か際立った異常なことをした人物にはこのライオンという名称を与える。

ようなものだったのよ……。私は彼を純粋なダンディに仕立て上げたけど、彼の洋服を仕立てたのはコルシカ人ね……！」

彼女はベッドの上に身を投げて眠ろうとしたけど、無理だった。私としても彼女の独り言をこのまま書き記し続けようとはしない。彼女はその独り言で、百回以上デルラ・レビアは自分に取って何でもない存在だったし、今もそうだし、今度もずっとそうだと繰り返したのである。

九

だが実際オルソは妹とゆっくりと進んでいた。彼らの馬は迅速なスピードを出していたため、相互に話しかけることができなかった。だが坂道が険しくなり徒歩で行かざるをえなくなり馬から降りたら、今しがた別れてきた友人たちについていくつか言葉を交わした。コロンバはミス・ネヴィルの美貌について興奮して語った。彼女の金髪、洗練された振る舞い等。そして大佐が見かけ通り金持ちなのか、リディア嬢は大佐の一人娘なのか訊いた。「絶対いい組み合わせよ」とコロンバは言った。「お父さんの方も兄さんに多大な好意を持っているようですし……」

それに対してオルソは答えなかったので彼女は続けた。

「私たち一家もかつては金持ちで今は違うけれど、それでも今でも島では縁談で真っ先に相手として思い浮かぶ家です。シニョリ[6]たちは皆私生児じゃありませんか。今ではカポラルの

6　原注：コルシカの封建的領主の子孫をシニョリ【signori】と呼ぶ。シニョリの家系とカポラリ【caporali】の家系はどちらの家柄が高貴かという競争関係にある。

家系にしか高貴な者は残されてなくてそして、オルソ兄さん、島の一番のカポラルの家系の血をひいていることはご存じでしょう。私たち一家の由緒は元々山の向こう側にあって【dila dei monti】[7]、内乱のせいで一家はこちら側に移動せざるを得なかったの。もし私が、オルソ兄さん、あなたの立場なら決して躊躇なんかしません。私はネヴィルさんをもらうことを彼女のお父さんに頼み込みます……（オルソは肩をすくめた）。その際の持参金でラ・ファルセータの森と一家の下にある葡萄畑を買い取りますよ。そして切り石で素敵な家を建てて、アンリ・ル・ベル・ミセール伯爵[8]の時代にサンブキュティオが多数のモール人を殺したとされる古い塔にもう一階分建てましょう」

「コロンバ、馬鹿なこと言ってるんじゃないよ」とオルソは駆け足気味に答えた。

「あなたは男ですからね、オルソ・『アントン』さん。自分がするべきことは女よりは知っているでしょうよ。でも私として知りたいのは、あのイギリス人たちが私たちの縁組に関してどのような異議を申し立てるということですよ。イギリスにもカポラルがいるの……？」

とても長い道を歩きながらこのようなことを話していたら、兄と妹は小さな村に到着した。そこはボコニャーノからは遠くなく、そこで今日は夕食をとり自分たちの家の者の友人の家に一泊するのであった。彼らはそこでコルシカ流の歓待を受けたが、その味わいは実際に歓待されたものしかわからないものだった。翌日に家の主人が、その人はデルラ・レビア夫人の代父でもあり、自分の家から四キロくらいのところまで二人を見送った。

「この木々と密林を見てみなさい」と主人は別れる時にオルソに言った。「何かヘマをやらかした人間でも、ここにいれば憲兵たちや選抜歩兵に探し出されずに十年間平穏に生きられますよ。この林はヴィザヴォナの森へと続いていてね、ボッコニャーノかその近隣に友人たちがいれば、困ることなんて何もありませんよ。随分立派な銃を持ってるね、遠くまで弾が届くに違いない。これはすげぇや、大したもんだ！猪以上にたいそうな獲物を殺すことができるな」

オルソは、その銃はイギリス製のものであり、散弾なら遠くまで届くと冷静に答えた。互いにキスをして、そのまま二人は道程を再開した。すでにピエトラネーラの近くに来ていて、峡谷の入り口の前にいた。だがそこを渡ろうとしたら、七人か八人の銃で武装した男たちを目にした。その中には石の上に腰掛けている者もいたし、草の上に寝っ転がっていた者もいた。数

7　原注：つまり東側を指す。この言葉は非常によく使われ、使用者の位置によって意味が変化する。コルシカは北から南にかけて一つの山脈によって分けられている。

8　原注：V・フィリッピニ、第二巻を参照。この伯爵は一〇〇〇年に死去している。彼の今際の際に天からの声を聞いて、以下の如き予言めいた歌声を聴いたとされている。

E morto il conte Arrigo bel Missere,
E Corsica sarà di male in peggio
アリゴ・ベル・ミセーレ伯爵は亡くなり
コルシカは不幸に見舞われるだろう

人立っていてどうも見張りをしているようだ。彼らの馬は少し離れていたところで草を食んでいた。コロンバはコルシカ人なら誰でも旅行する時に持ち歩く大きな皮の袋から望遠鏡を取り出して、しばらくそれで当該場面を見た。

「彼らは私たちの人たちよ！」と喜んだ様子で彼女は叫んだ。「ピエリュチオがちゃんとやってくれたんだわ」

「私たちの人たちってどういうことだ？」とオルソは訊いた。

「私たちの羊飼いよ。一昨日の晩、ピエリュチオを行かせて兄さんを家まで連れていくための真面目な人たちを集めさせたの。護衛もなしにピエトラネーラへと入っていくのはどうにも見栄えが良くないし、それにバリッチニの奴らは何をやらかすかわからないことは肝に銘じておかないといけないのですよ」

「コロンバ」とオルソは険しい口調で言った。「俺はお前にもう二度とバリッチニ家のことや、何の根拠もないのに彼らへの疑いを口にするなと何度も言ってきたじゃないか。あんな怠け者の一群と一緒に自分の家に帰る馬鹿げたことなんて当然したくないし、そもそも俺にこのことを知らせてくれないなんて一体全体どういうことだ」

「兄さん、自分の国のことを忘れてしまったのね。兄さんがつい不注意なために危険に陥った時、その人を守るのは私なのです。私がしたことは私がせねばならない義務です」

この時、羊飼いたちは二人に気づいたので、馬に乗って彼らの方へと走っていき、彼らを迎えるために駆け足で降りていった。

「オル・サントン万歳！」と真っ白な髭を生やした頑強そうな老人が叫んだ。その老人は気候が暑いにも拘らず、羊の羊毛よりも分厚いコルシカ製の布でのき帽子付きのフードを身に纏っていた。「実にお父さんとそっくりだ、ただ更に大きくてがっしりとしてらっしゃる。なんて凄そうな銃だ！きっとみんなその銃の話で持ちきりになるな、オル・サントン」

「オル・サントン万歳！」と羊飼たちが一斉になって繰り返した。「必ず戻ってきてくれるとわかっていましたよ！」

「ああ、オル・サントン」と屈強で煉瓦色に染まっている男が言った。「あんたのお父さんがあんたをここで迎えることができたらどれほど喜んだ事だろうなぁ！大した男だったよ！もしあいつが私を信じてジウディッチェの一件を私に任せてくれたら、あんたもお父さんと会えただろうに。……全く、あいつときたら！俺を信じてくれなかったんだ。でも今だったら俺が正しかったってことをよくわかってるだろうぜ」

「そうだ！」と老人が言葉を継いだ。「ジウディッチェのやつにはもう一刻の猶予もねぇよ」

「オル・サントン万歳！」

そしてこの叫びには一ダース分の銃の弾が撃たれた。

馬に乗った一同が一斉に喋りオルソに握手を求めてきて、そんな彼らの真っ只中にいるオルソは大いに不機嫌になり、どうすればいいかもわからずそこにしばらくじっとしていられるだけであった。ようやく、自分が隊の先頭にたち、部下に叱責を上げたりや営倉を言い渡す時のような顔をしてこう言った。

「同胞たちよ、お前たちが私に示して、父にも抱いてくれる愛情に感謝したい。だが誰も俺にこうした方がいいだのと指示することはやめて欲しい、俺のやるべきことは俺がちゃんと知っている」

「そうだ、その通りだ！」と羊飼たちは叫んだ。「俺たちをあてにしていいってこともちゃんと知ってるんだ」

「ああ、知っているとも。だが今は誰の助けもいらない、俺の家に危機が迫っているわけではないのだからな。とりあえず身を回して、自分たちの羊のところへと戻るんだ。ピエトラネーラへの道はちゃんとわかっている、そして案内される必要もない」

「心配はいらねぇですよ、オル・サントン」と老人は言った。「あいつらに今日俺たちの前に出てくる勇気なんかありはしませんよ。猫が戻ってくる時は、ネズミは穴倉へと戻るもんですからね」

「白い口髭をしたお前も猫だな！名前を何という？」とオルソは言った。

「これはこれは、私のことを知らないとでもいうのですか、オル・サントン。私の何にでも噛み付くようなラバの尻にあんなに何回も載せてやった私を？ポロ・グリフォンがわからないと？デルラ・レビアに肉体も魂も捧げたこの律義な男をわからないと？何とか言ってくだせぇよ。それにあんたの大層な銃がぶっ放たれる時、この使い手と同じくらい古びたマスケット銃も黙っちゃいませんぜ。あてにしてくださいや、オル・サントン」

「わかった、わかった。とりあえず今はあっちに行って、俺たちの道から退いてくれ」

羊飼いたちはようやく遠ざかっていき、早足で村の方へと向かっていった。だが時々途上で地面が高くなってるところで足を止めて、まるで誰かが隠れていて待ち伏せしていないかを確かめているかのようだった。そしてオルソと妹から、もし彼らが助けが必要となった場合それに応じられるだけの距離を保ち続けた。そしてポロ・グリッフォ老人は自分の同胞たちに向かってこう言った。

「わかった、わかったよ！何をしようとするのかは喋ろうとはしないけど、ちゃんとするつもりなんだ。お父さんにそっくりな方だからな。そうさ！お前は誰も恨まないだってさ！お前は聖ネガ[9]に祈りを捧げたってさ。大したもんだ！村長のやつの皮の僅かな価値すらなくなるぞ。一ヶ月もしないうちに、村長の皮で皮袋すら作れなくなるぞ」

このように斥候兵たちが先行し、デルラ・レビアの子孫が自分の村へと入り、カポラルの先祖代々の古い邸宅に到着した。レビア派の者たちは長い期間リーダーが不在であったが、オル

9　原注：Sainte Nega: この聖者の名前は暦においては見当たらない。この人物名に祈るというのは、全てを完全に否定することを意味する。

ソたちを迎えようと一同になって群がってきた。他方で村の中立派の人たち全員は、オルソが通り過ぎていくのを見るために家の出入り口に立っていた。バリッチニ派の人たちは家の中に籠って、鎧戸の窓からオルソにじっと目を注いでいた。

ピエトラネーラの村落は、他のコルシカの全ての村同様に、常に不規則でバラバラに家々が建てられている。そもそもちゃんとした通りというものを見るためには、ド・バルブフ氏によって建設されたカルジェーズにまで行かなければならない。家はでたらめにあちこちに散在して建てられており、列という形状を全く成していない。そして小さな高原の頂、というより山の平坦部を場所として占めている。村落の真ん中には一本の大きな緑色のブナの木が育っており、その側には花崗岩の水受けがあり、そこへは木樋で付近の泉から水が運ばれてくる仕掛けになっていた。この公共のために作られた建造物は、レビア家とバリッチニ家が費用を分担して建てたものである。とはいえもしそこに双方の家の間で古くは友好関係があったのを認めようとすれば、それは大いに勘違いというものである。むしろ、双方の嫉妬の証なのだ。かつてデルラ・レビア大佐は自分の村の参事会に対して給水施設を建てるための資金を少額寄付したのだが、バリッチニ弁護士はそれと同じくらいの金額を慌てて寄付した。要はピエトラネーラの給水は、この双方の家の気前よさの競り合いというわけである。緑のブナと噴水の周りには「広場【la place】」と呼ばれている空き地があり、そこに晩の時間になると暇人たちが集まってくる。時々そこでカード遊びをすることもあるし、一年に一度謝肉祭が開催され、そこで人々は踊るのである。その「広場」の両端には横幅よりも高さの方が広い建物が建っており、花崗岩と頁岩でそれらの建物はできている。これらはデルラ・レビア家とバリッチニ家が反目しあっている塔である。それらの建築様式は同じであり、高さも同じであり、両家の優劣は決まることはなくその確執は常に変わらぬままでいることが見てとれる。

この塔という言葉において、何を理解するべきかについて説明しておくのも無駄ではないだろう。それは高さ約十二メートルくらいの四角い建物であり、他の国ならまさしく鳩小屋と名づけるものである。戸口は狭く、地面から二・四メートルほどの場所に開いていが、とても急なはしごによってそこへと登っていく。入口の上に窓があって、まるで城壁用の石落としのように下部に穴が穿ったバルコニーのような空間がそれに付随している。それによって無思慮な訪問者を何の危険性もなく打ち倒すことができるのである。窓と戸口との間には、粗野に彫られた二つの盾が見える。片方の盾にはかつてのジェノヴァの十字架が架けられているが、今日ではすっかり叩かれてしまいこの手の古い品が好きな好事家でもなければ判別不可能である。もう片方の盾にはその塔の所有者の一家の紋章が彫られている。さらにそれらの装飾を完全なものにするため、それらの盾と窓の額縁に弾丸の痕跡をいくつか加えると、ついに中世時代のコルシカの邸宅がどのようなものか思い浮かべられるというものだ。そういえば塔に隣接する形で住居が建てられていることを伝えるのを忘れていた。さらに家の内部に通路があり互いに繋がっていることもある。デルラ・レビアの塔と家はピエトラネーラの「広場」の北側を占めている。バリッチニの塔と家は逆に南側である。北側の塔から給水場まではデルラ・レビアの散歩する領域であり、バリッチニ家のそれは反対側ということになる。大佐の妻の葬式以後、一種の暗黙の了解であるかのように、互いの家族の一員が相手側の領域へと足を踏み入れることが見られることは決してなかった。わざわざ遠回りをしたくなかったのでオルソは村長の家の前を横切ろうとしたことがあったが、その時妹が忠告して彼らの家の前を通らずに行ける小道を辿るようにと言った。

「どうしてわざわざ遠回りしないといけないいんだ?」とオルソは言った。「『広場』は住民みんなのものじゃないのか」。そして馬を進ませた。

「なんて勇敢な!」とコロンバはボソっと言った。「お父さん、あなたの復讐は果たされます!」

そして「広場」のところに来たら、コロンバは兄とバリッチニ家の間に身を置いて、その目を敵の一家の窓へとじっと注いだ。少し前からその家にバリケードが築かれていて、矢狭間【archere】が設置されているのが目に入った。窓の下部を塞ぐ大きな丸太の狭間の間に小さく形成されている穴が矢狭間【archere】と呼ばれている。敵から攻撃される懸念がある場合この類で家を守ることになり、丸太の影から安全に撃つことができるというわけである。

「臆病者たちが!」とコロンバは言った。「ほら見て兄さん、あいつらもう警戒しているよ。バリケードなんか築いちゃって!でもいつかはそこから出てこないといけないからね!」

オルソが南側に姿を現したことはピエトラネーラに大きな活気を呼び起こした。そして危険を犯す大胆さの証であると看做されていた。夕方に緑色のブナの周りに集まっていた中立派の人たちにとっては、注釈が終わることなくつけられる原典であった。

「バリッチニの息子がまだ戻ってなかったのは幸いなことだ、なんたって弁護士の人より我慢できないタチだからな。敵が自分たちの領土を通るなんて挑発めいたことをさせてその報いを払わせないなんて、あり得ないだろうからな」と言う人もいた。

「なあ隣の方、俺の言いたいことを覚えておいてくれよ」と村の預言者とされている老人が付け加えた。「今日コロンバ嬢さんの顔を観察したんだけれど、あいつ何か頭に企んでるぜ。どうも火薬の匂いがするな。少ししたら、このピエトラネーラで肉のお買い得セールが始まるぜ、こりゃ」

十

父とは幼い頃から離れ離れになっていたので、オルソは父と親しくなる機会がほとんどなかった。オルソはピサで勉強するため十五歳の時にピエトラネーラを離れ、それからギルファチオがヨーロッパ中に皇帝の鷲の軍旗をはためかせている間にオルソは士官学校へと入学した。ヨーロッパ大陸にいる時、父と会うことは稀であったが、一八一五年にただ一回彼は父が指揮する部隊に身を置くことになった。だが大佐は軍規については厳格に従い、他の中尉たちと全く同じ態度で息子を取り扱った、つまり非常に厳格に接したわけである。オルソの持っている父に対する思い出は二種類に分けられる。片方はピエトラネーラでの父の姿であり、その彼は軍刀を自分に委ねてくれ、狩猟から戻ってきた際の銃に残った弾丸を取り出す手伝いをさせてくれたこと、あるいは坊やだった自分を初めて一家の食卓に座らせてくれた時等。もう片方は自分が何かヘマをして営倉への監禁処分を下した時の大佐の姿だった。そしてその方の父は、自分をデルラ・レビア中尉の名前以外では絶対に呼ばなかった。

「デルラ・レビア中尉、戦場において然るべき位置にいなかったな、三日間の監禁処分だ。

お前の狙撃兵が予備隊よりも五メートルも余分に出ている、五日間の監禁処分だ。作業帽を正午五分前だというのに被っているぞ、八日間の監禁処分だ」

たった一度、カートル・ブラでオルソにこう言った。

「よくやった、オルソ。だが慎重にな」

要するには後者の種類の記憶はピエトラネーラで思い起こす父の姿は決してなかったのである。自分が幼い頃に見た家庭の場所の光景、自分が優しく愛していた母がよく利用していた家具、そういったものが甘美ながらも苦々しさも伴った感情として押し寄せ、彼の心を活気づけるのであった。そして自分に待ち受けている陰鬱な未来、妹が自分に引き起こさせた曖昧な不安、そして何より、やがてミス・ネヴィルがやってくるこの自分の家が、今ではとても小さく、とても貧乏臭くて、快適さなどほとんどない代物で、贅沢に暮らしてきた人にとっては多分軽蔑心を抱いてしまうだろう。こういった考えが一斉になって彼の頭を混沌たるものにして、深い絶望感を抱かせるのであった。

夕食のために席に黒い樫の長椅子に席をとった。そこでは父が食事の際の主席として座っていたところである。オルソはコロンバが自分と一緒に食卓につくのを物怖じしているのを目にして微笑んだ。それに夕食の間無言でいるよう気をつけ、食事が終わるとすぐに部屋へと退いたことには好感を抱いた。というのも、妹が自分に対する攻撃に抵抗する心構えをするには自分があまりに動揺していたからである。だがコロンバは丁重に振る舞い、オルソに自省する時間を与えようとしていたのであった。手で頭を抱えていて、彼は長い間動かないままでいた。そして頭の中でここ二週間過ごしてきた記憶を頭に巡らせていた。自分がバリッチ二一家に対してどう行動に出るかを皆が期待していることを思うと身が竦む思いだった。すでにピエトラネーラの村で自分に意見が出され、それが世論となっていることに気づき始めた。自分は復讐しなければならず、さもなくば臆病者と看做されてしまう。だが一体誰に復讐しろと言うのか？バリッチ二一家の者が殺人犯だとは信じられなかった。確かに奴らは一家の敵ではあるが、かといって殺人犯だと看做すことは同国人の無知蒙昧っぷりに与することになる。時々、彼はミス・ネヴィルのくれたお守りを見、そしてそっとあの格言を繰り返した。

「人生とはこれ、戦い也！」

そして最後に確固とした口調でこう自分に言い聞かせた。

「勝者となってみせる！」

このような高潔な考えをしつつ彼は身を起こしランプを取って、自分の部屋へと行こうとすると、その時誰かが家のドアを叩いた。訪問者がくるような時間帯ではなかった。やがてコロンバが後ろに女中を従えて姿を現した。

「何でもありません」と彼女はドアの方へと駆け寄った。だがドアを開ける前に、誰が戸を叩いているのか尋ねた。それに対して大人しげな声が返ってきた。

「私ですよ」

やがてドアにかけられてあった閂が外され、コロンバがもう一度食堂に姿を現したが、その後ろには大体十歳くらいの小さな娘がいた。裸足で、ぼろ着をまとっていて、とても汚いハンカチで頭を覆っていた。ハンカチからはカラスの翼のような長い黒髪がはみ出ていた。その子供はやつれていて、顔も蒼白で、太陽に焼けた肌をしていた。ただ彼女の両眼には知性の煌めきが放たれていた。オルソが彼女の目に入ると、おずおずと立ち止まり農民女風の挨拶をするのであった。そしてコロンバの方に低い声で話し、先ほど殺したばかりの雉を手渡した。

「ありがとう、キリ」とコロンバは言った。「おじさんにもそう伝えといてね。彼は元気かい？」

「とても元気です、お嬢様、いくらでもお役に立てます。あまりに戻りが遅かったので、早く帰ってこれなかったのです。三時間も密林の方で帰ってくるのを待っていたのです」

「晩御飯はまだ食べてないの？」

「まだですとも！そのための時間がなかったのですお嬢様」

「じゃあ夕食を用意させるから。おじさんにはまだパンがあるの？」

「少しだけです、お嬢様。ただ何より足りていないのは火薬だけです。栗が実っていますから、火薬以外は何も不足していないのです」

「じゃあおじさんのためにパンを一つと火薬を用意しよう。火薬の方は大事に使ってくれと伝えてちょうだい、大事なものなのだから」

十

「コロンバ」とオルソはフランス語で言った。「誰にそんな施し物を与えるんだ？」

「この村の気の毒なお尋ねものにですよ」とコロンバは同じくフランス語で答えた。「この小さいのはその人の姪なのです」

「そういった施しものももっと有効に使えるような気がするのだが。一体全体どうして火薬をろくでなしなんかに渡すんだ？ 悪事のために使っているに決まっているじゃないか。この村は皆、山に逃げ込んだ奴らに随分と弱気なくらい寛大なんだが、それがなければ山に逃げ込む奴らなんてとっくにコルシカからいなくなっていただろうに」

「コルシカ一番の悪者は決して平原にいる人たちではありません[10]」

「そいつにパンを与えたかったら与えるがいい。その施しを拒むようなことはあってはならない。だが火薬を与えるというのは理解できないのだが」

「兄さん」と深妙な調子でコロンバは言った。「あなたはここの主人です、そしてここの家にあるものの何もかもあなたのものです。でも言っておきますけど、もしあの山に逃げ込んだ男に火薬を与えることを拒むというのなら、この小さな娘に私のメッツァーロを渡して売却させますよ。火薬を拒むなんて！そんなことは憲兵たちに引き渡すも同然ではありませんか。弾薬がないのなら、一体どうやってそいつらから身を守ればいいの？」

だが小さな娘はパンの欠片をガツガツと貪り食べて、コロンバと兄を変わるがわるに注意深く目を向けて、彼らが言おうとしていたことをその目から読み取ろうとしていた。

「だいたいそのお尋ね者は何をしたんだ？ どんな罪を犯して密林の中に逃げ込む必要があるというんだ？」

「ブランドラティオが罪を犯すことなんてあるもんですか」とコロンバは大声で言った。「本人が軍隊に行っている間に、自分の父を殺したヴァン・オピッツォを殺しただけ」

オルソは振り向いてランプを取った。そしてコロンバに返事することなく部屋へと戻っていった。そしてコロンバは火薬と食糧を娘に渡し、こう言葉を繰り返しつつ出入り口まで見送った。

「おじさんは特にオルソのことによく気をつけないと駄目だよ！」

10　原注：平原にいる（alla campagna）。つまりお尋ね者になるということである。お尋ね者【bandit】というのは決して不名誉な名前ではない、追放された者【Hanni】という意味合いでとられる。イギリスのバラードでいうアウトロー【outlaw】である。

十一

オルソは眠りに入るのにかなり時間がかかって、結果起きたのは遅い時間だった。少なくとも通例コルシカ人が起きる時間よりは遅かった。目を覚ましてすぐに彼の目に入ってきたのは、敵方の家と彼らが築いた矢狭間であった。彼は降りていって妹はどこかと訊いた。「弾丸を作る厨房にいらっしゃいます」と女中のサヴェリアが答えた。

このように、戦いを連想させるものなしにオルソは何かをすることはできない境遇にあった。コロンバが腰掛けに座っていて、周囲は新たに鋳造された弾が多数置かれていた。鉛を鋳造したものを切断している。「一体全体何をしているんだ?」と兄はコロンバに訊いた。「大佐から頂いた銃に込めるための弾丸がないじゃないですか」とコロンバはいつもの柔和な口調で言った。「口径に使うための鋳型を見つけたの。今日中に兄さんのための薬筒が二十四発完成しますよ」

「そんなもんいらないよ、全く有難いことだ!」

「突然襲いかかってきたらどうするのですか、オル・サントン。あなたは自分の国とそこの住民があなたの周りにいることを忘れてしまったのですよ」

「忘れてもお前がすぐに思い出せるんじゃないか。それと、数日前に大きな荷物が届かなかったか？」

「ええ、兄さん。部屋へとそれを運んでいきましょうか？」

「お前が、運んでくるだって？ それを持ち上げるだけの力もないんじゃないか……。運んでくれる男はここにはいないのか？」

「私は兄さんが思っているほどか弱い存在じゃないです」とコロンバは袖をまくりあげて白くて丸い腕を見せた。申し分のないくらい立派な形をしているが、並々でない力があることが見受けられる。そして女中にこう言った。

「さあ、サヴェリア、手伝ってちょうだい」

すでに彼女は一人で重い荷物を持ち上げていたので、オルソは慌ててその手伝いをした。

「いいかいコロンバ、この荷物にはお前のためのものも入っているんだよ。つまらない贈り物をお前にしても許してくれるだろうね、だが予備役になった中尉の財布なんて期待するもんじゃないさ」

そう喋りながら、彼は荷物を紐解いて衣服を数枚、ショールを一枚、そして若い娘が使うためのものを他にいくつか取り出した。

「まあ素敵！」とコロンバは大声を出した。汚れるといけないからすぐに片付けとくわ」。そして物憂げな笑みを浮かべつつこう付け加えた。「私が結婚する時のために取っておきます。だって今は喪に服しているんだから」

そして彼女は兄の腕に口づけをした。

「そんなに長い間喪に服しているなんて、どうでもわざとらしんじゃないのかい」

「だって誓ったんだから」とコロンバは断固たる様子で言った。「喪服は脱がないとね……」

そして彼女はバリッチニ家の窓にじっと目を注いだ。

「お前が結婚する日までとでも言うのかい？」とオルソは妹の言葉の結末を聞きたくないかのようにこう言うのであった。

「私は結婚なんてしない」とコロンバは言った。「三つのことをやった男以外とはね……」

そして敵方の家に不吉な様子を漂わせながらずっと目を注いでいた。

「ねえコロンバ、お前のような綺麗なのがまだ結婚していないことには驚きだよ。さあ、誰がお前に求婚しているか教えてくれ。まあセレナーデは嫌というほど耳にしないといけなくなるがね。お前ほどの卓越した即興詩人が満足するには、相応のセレナーデを用意しないとな」

「一体誰が哀れな孤児を欲しがるっていうの……？それに私に喪服を脱がせてくれる男はあちら側の女たちに喪服を着せることになります」

「狂ってるな、これは」とオルソは心の中で言った。だがあらゆる口論は避けたかったので、返事は一切しなかった。

「兄さん」とコロンバはどこか愛撫するような口調で言った。「あなたに渡したいものがありますの。兄さんが着ている衣服はこの国ではあまりに立派すぎます。兄さんの素敵なフロックも二日間密林の中で着ていればもうズタズタになってしまいます。ネヴィルさんがこちらに来られる時のために大事にしておかないとね」

そして戸棚を開けて、彼女は狩猟のための衣服一式取り出した。

「ビロードの上着を用意しておきました、そしてこの島で洒落ているとされる帽子もここにありますよ。もう随分前から兄さんのために刺繍していたのですよ。試しに着てご覧になる？」

そして彼女は緑色で背中には大きなポケットがあるビロードのサイズの大きい上着を兄に着させた。そして黒い絹で刺繍され黒玉が散りばめられていて、先の方には房のようなものがついているビロードの尖り帽をかぶせた。

「こちらがお父さんの弾帯[11]です。お父さんの短剣は兄さんの上着のポケットにありますよ。ピストルを探してきますね」

「ランビギュ・コミックに出てくる山賊そっくりだな」とオルソはサヴェリアが用意した小さな鏡の中をじっと見つめた。

「本当にとてもお似合いですよ、オル・サントン」と老いた女中は言った。「ボコニャーノや

11　原注：Carchera：弾薬を入れる帯。左側にはピストルを入れる。

バステリカの一番尖った[12]男だってこれ以上立派な身なりをすることはありません」

オルソはその新たな衣装で朝食をとった。食事中、彼は妹に荷物にはいくつかの書物が入っていることを伝えた。それらの本はフランスやイタリアからも取り寄せたもので、コロンバにたくさん勉強させるために手に入れたものだとした。

「だって恥ずかしいじゃないかコロンバ、お前のような大きな娘が大陸の方では乳離れした子供が学ぶようなことを知らないなんてさ」

「確かにそうね、兄さん。自分に不足しているのはよくわかっているよ、そして勉強できるなら申し分ないですよ。特に兄さんが私に教えてくれるならね」

数日それから経過したが、コロンバはバリッチニ一家の名前を口にすることはなかった。兄のために細々とした世話を焼いていて、時々ミス・ネヴィルについて話した。オルソはコロンバにフランス語やイタリア語の書物を読ませたが、妹の正確さと大した洞察力に驚くこともあれば、とても当たり前のようなことですらもからっきし無知であることに驚くこともあった。

ある朝、朝食後にコロンバはしばし席を外したが、紙と本を持って戻ってくる代わりに、頭にメッツァーロをかぶって姿を表した。いつもより真剣な様子であった。

「兄さん、私と一緒に外に出ることをお願いしたいの」

「一体どこにお前と一緒に行けっていうんだい？」とオルソは腕をコロンバに差し出した。

「腕は結構ですよ、兄さん。でも銃と弾薬箱を持ってきて。男は武器を持たずに外に出てはいけません」

「こんな朝早くだっていうのに！世間には従えってか。それでどこに行くんだい？」

コロンバは返事することなく、頭にメッツァーロを巻いて、番犬を呼んで兄が後ろに付いて行く形で外に出た。村からは大股で離れていき、葡萄畑に曲がりくねっている窪んだ道を辿っていった。ただ自分たちの前には犬を歩かせておき、その犬はコロンバのする合図の意味をよく理解しているようだった。というのもその犬はすぐにジグザグに走り始めたからだ。葡萄畑の中を時にはこっちへ時にはあっちへと走っていき、それでなお女主人からは五十歩の距離を保ち、時々道の真ん中で立ち止まり尻尾を振りながら主人の方をじっと見るのであった。どうやら完全に偵察兵としての職務を完璧に果たしているようであった。

「ムスチェットゥが吠えたら銃を構えて、兄さん。そして動かないで」

何度も道を曲がり、村から一キロ弱のところに来た時、コロンバは突然曲がり角を形成している道で足を止めた。そこには小枝が積み重なり小さなピラミッドが形成されていた。小枝には緑のものもあれば枯れているものもあったが、およそ一キロの高さとなっていた。そのピラミッドの頂から黒色に塗られた木製の十字架の先端が現れ出ていた。コルシカの多数の地域、特に山々の方ではとても古くから残る慣習がある。それはおそらく異教の迷信と関係があるか

12　原注：Pinsuto：とんがり帽子（barreta pinsuta）を被っているものをこう呼ぶ。

も知れないものだが、ある人が非業の死を遂げた場合その場所を通る通行人は石や小枝を投げかけなければならないのである。長い年月の間、その悲惨な死が人々の記憶に刻まれている限り、この奇妙な供物は一日一日とこのようにして積み重なっていくのである。人々は誰それのムチオ、つまり「積み上げ」と呼んでいる。

コロンバは木の葉の積み上げの前に足を止めて、アルブートスの枝をちぎってピラミッドの山に重ねた。

「オルソ、父が亡くなったのはここです」とコロンバは言った。「兄さん、彼の魂のために祈ってください!」

そして彼女は跪いた。すぐにオルソも同じ姿勢をした。ちょうどその時、村の鐘が静かに鳴った。夜に誰かが死んだのである。オルソは目から涙がこぼれた。数分経過したら、コロンバは身を起こした。目は乾いていたが、顔は活気があった。彼女は素早く十字架を親指で切ったが、これはコルシカ人たちがよくする動作であり、厳粛な誓約をする際に通常行われる。そしてコロンバは兄を引き連れて、先ほど辿ってきた道を戻り村へと向かった。家には無言のまま二人は入っていった。オルソは部屋に戻った。少ししたらコロンバも兄の部屋に入ってきたが、彼女は小さな箱を抱えていて、それを机の上に置いた。そしてコロンバはそれをあけて、血まみれでサイズが大きいシャツを取り出した。

「これが父のシャツです、オルソ」。そしてオルソの膝へとそれを放り投げた。

「父を撃った弾丸はこれです」。そして錆びた弾丸二つをシャツの上に置いた。「オルソ、兄さん！」彼女はオルソの腕に飛び込み力一杯抱きしめた。「オルソ！復讐を遂げるのよ！」

彼女は一種の熱狂によってオルソにキスをして、今度は弾丸とシャツに口をつけて、椅子の上に石化したかのような兄を残して部屋から出ていった。オルソはしばらく微動だにせず、この恐ろしい遺品を片付けようともしなかった。やがて力を振り絞って、それらを箱の中にしまい込んで、部屋の向こう側の端へとベッドの上に身を投げた。そして顔を壁の方に向けて、枕の中に沈めた。まるで幽霊から目を背けるように。妹の最後の言葉がずっと彼の耳の中に反響していて、避けられない破滅をもたらすような予言が聞こえてくるようだった。その予言は彼に血を、それも無実の人間の血を求めていた。この不幸な若者の気持ちを全部ここに記すのはやめておこう。それは狂人の動転している頭の中と同じくらい混沌としたものだからだ。長い間彼はずっと同じ姿勢のままでいて、顔も振り向かせなかった。やがて彼は起き上がって箱を閉めて、素早く家の中から出ていって、平原の中を駆けていきどこに行くかも我知らず前へと進んでいった。

十一

少しずつ外の空気いっぱい吸って、身を落ち着かせていった。平静を取り戻し、冷静に自分のいる位置を鑑み、そこから離れる手段を考えた。バリッチニ家が父を殺したとは疑っていなかった。そのことはすでにご存じだろう。だがならず者のアゴスティニの手紙を偽造したことについては強く弾劾した。それにその手紙は父の死の原因となったものと、少なくとも彼はそう考えていた。文書偽造のかどで彼らを告発することは不可能であると考えていた。時々、自分の島の偏見と本能が襲いかかってきて、道の曲がり角で容易く復讐ができることを彼に提示してくるのであった。自分の隊にいる同僚たちや、パリのサロン、特にミス・ネヴィルのことを考え、身振りしながらこれらの考えをふり退けた。さらに妹の非難の言葉についても思いを巡らせてみた。そして彼の性格に残っているコルシカ的なものがその非難を正当化させ、もっと痛烈なものとして聞こえてくる。彼の良心と先入観との間の相克に残っている唯一の希望は、何かしらの口実を設けて弁護士の一人と口論をし、そいつと決闘することであった。相手を弾丸一発あるいは剣の一振りによって殺すことは、コルシカ的な考え方とフランス的な考え方を折衷させるものであった。この手段を採り、実行のための手段を思い巡らせていると、彼はもう重荷を身からおろしたように楽になれた。その時、さらにもっと甘美な考えが思い浮かんできて、興奮して動揺していた彼を一層落ち着かせるのであった。キケロは娘テュリアの死に絶望したのだが、そのことについて言えるあらゆる優れたことを精神で満たさせることにより、自分の苦悶を忘れることができた。生と死について同じようにひたすら議論することによって、シャンディ氏は息子を失った自分を慰めた。オルソはミス・ネヴィルに自分の精神状態の絵画を書き上げさせてもいいと考え自分の血を鎮めた。その絵画はあの大した女が大いに興味を抱くのは間違いないことだ。

十一

彼は村へと近づいてきたが、自分では気づかないうちに随分と離れていたのである。その時歌っている小さな娘の声が聞こえてきた。娘は一人でいて、密林のすぐそばの道にいるだろうと考えていた。それは葬式の時に流れる悲しげな曲のような、ゆっくりと単調なものであり、その娘は次のように歌っていた。

私の息子、遠い国にいる私の息子よ、私の十字架と血まみれのシャツを大事にしといてくれ……。

「一体何を歌ってるんだ、娘？」とオルソは突然姿をその娘の前で姿を現し、怒った口調で言った。

「ああ、オル・サントン様！」と子供は少し怯えた様子で言った……。「コロンバさんに教えてもらった歌です……」

「それを歌うことは許さん」とオルソは鬼気に迫る声で言った。

子供は左右を見たのだが、どちら側に逃げるべきかを考えているようだった。そして足もとにある草の上の大きな荷物をおいて逃げるわけにはいかないという想いがなかったら、間違いなくその子供は逃げたことであろう。

オルソは自分の乱暴な態度が恥ずかしくなった。

「ねぇ、一体その荷物は何だい？」とできる限り口調を和らげて訊いた。

怖気付いていたキリナは返事をしなかったので、荷物を包んでいた布を取り上げて、そこにはパンが一枚と他の食糧があった。

「なあ、お前。このパンを誰のところに持っていくんだい？」と彼は訊いた。

「よくご存じですよ、旦那様。私のおじにですよ」

「それでお前のおじはお尋ね者なのか？」

「はい、オル・サントン様の味方として」

「もし憲兵たちがお前と遭遇すれば、お前がどこに行こうとしているのか訊いてくるぞ……」

マキの密林を伐採しているルッカの衆のところに行って食事させてもらいに行くと答えます」と子供は即座に答えた。

「じゃあもし腹の空かしている漁師と出会って、そいつがお前のもので腹を満たそうとしてお前からその食糧を取ろうとしたらどうするんだ……？」

「出来やしませんよ、そんなこと。おじのためのものだって言います」

「まあ確かに、あいつは食事を盗られて黙っているようなやつじゃないからな……。お前のおじはお前のことを可愛がってくれるのかい？」

「ええ！そうです、オル・サントン様。お父さんが死んでから、おじさんが一家の面倒を見ているのです。つまりお母さんと、私と、小さな妹をね。お母さんが病気に罹る前は、おじさんは彼女のために金持っている人たちに仕事をもらうために色々してくれました。おじさんが話をつけてくれて以来、村長さんは毎年一回衣服を下さるし、司祭様は教理問答を聞かせてくれたりしています。でも何よりあなたの妹様が私たちに一番良くしてくださってます」

この時、子犬が一匹小道に姿を現した。その小さな娘は、指を二本口に当てて鋭い口笛を吹いた。するとすぐに子犬が彼女の方へと身を寄せてきて体を擦り付けた。そして突然マキの中へと潜っていった。やがて衣装は粗末だがよく武装した二人の男がやってきて、オルソから数歩あった切り株の後ろから身を起こした。地面を覆っていたシストやキンバイカから蛇のように這い回りながら出てきたとしか思えなかった。

「これは！オル・サントン、よくきてくれました」と、二人のうち年上の男の方が言った。

「え、これは！私のことをわからないとでもいうのですか？」

「ないな」とオルソは相手をじっと見つめた。

「髭を生やして尖った帽子を被れば、もうその人がわからなくなるとか、そんな馬鹿なことがあるんですな！じゃあ、中尉殿、よく見てくださいな。ワーテルローの古豪を忘れたとでもいうのですかい？ブラン・サヴェリはもう覚えていないのですか、あの不遇な日々にあなたの傍で銃を何発もぶっ放したその人を？」

「何！お前か！」とオルソは言った。「お前は一八一六年に脱走したじゃないか！」

「ええその通りですよ、中尉殿。全く、軍役ってのが嫌になって、この国に戻ってきてケリをつけようとしてきたわけです。ハハハ！チリ、お前は律儀な娘だな。早く飯くれ、俺たち腹減ったからな。中尉殿はマキでどのくらいお腹が空くか見当もつかないでしょう。それを用意

十一

してきてくれたのは誰が、コロンバ嬢さんか村長さんか?」

「いいえ、おじさん。粉屋の女将だよ、彼女がおじさんのためにその食事を用意してくれたし、お母さんのために毛布を一枚くれたんだ」

「女将さんは俺に何して欲しいんだ?」

「女将さんが開墾のために雇ったルッカの人たちが、ピエトラネーラの下地で熱が流行っているから、おじさんに三十五スーと多数の栗を用意してくれと言ってます。」

「あの鈍ども……!俺が会いに行こう。さあ中尉殿、一緒に食事しませんかね、無礼講と行きましょうや。取り除けられた私たちと同じ可哀相なコルシカ人の時代では、一緒にもっと不味い飯を食べたじゃあありませんか」

「いやありがとう。自分も取り除けられたも同然だ」

「ええ、そのことは聞いてます。でも私としてはそこまで中尉殿が腹を立てているとは思っていませんがね。中尉殿は中尉殿でケリをつけないといけないことがあるのでしょう。おい牧師さん、食卓だ(とそのお尋ねものは同胞に言った)!オルソ殿、司祭さんを紹介します、とはいえ司祭なのかどうかは実際はわかりませんがね、司祭の学問はしているのですがね」

「神学の哀れな学徒です」とそのもう一人のお尋ね者は言った。「天職に就くことができなかった、ね。実際はどうだったでしょう?もしかすると法王になってたかもよ、なぁブランドラキオ」

「一体どうしてその知性を教会で働かせることができなくなったんだ？」とオルソは訊いた。

「何でもないです。ブランドラキオの言葉を使えばケリをつけないといけないことがあるのです。というのも私がピサの大学で本に貪っている間に、妹のやつが馬鹿なことを仕出かしてしまったのです。あいつを結婚させるために故郷へと戻る必要があったのですが、妹の将来の旦那が結婚するのが待ちきれなくなりあまり、私が到着する三日前に熱を出して死んでしまったんです。そしてあなたも私の立場ならするかと思いますが、死んだその人の兄弟に私はかけ合ったのです。それで相手方はそいつは既婚だったって言ってきたんですよ。さぁどうします？」

「実際、それは困ってしまうことだろうな。それでどうしたんだ？」

「まあ、銃の石つぶて[13]にまで至ることですからね」

「つまりそれは……」

「そいつの頭に弾丸を撃ち込んでやったのですよ」とそのお尋ね者は平然と言った。

オルソは恐怖で身震いした。だが好奇心と、家へと戻る時間を遅らせたいという望みもあっただろうから、その場に留まることとなり、二人との会話を続けることになった。二人とも少なくとも一人は殺したことを認識しているのだ。

13　原注：La scaglia：とてもよく使用される言い回し。

自分の同胞が話している間、ブランドラキオは自分の前にパンと肉を並べた。そしてそれらを自分で盛り合わせ食べたのだったが、犬にも幾分か与えてやった。その犬はブリュスコという名前であるとオルソに紹介した。その犬は選抜歩兵がどのように変装していようとも正確に嗅ぎ分けられることができるという驚くべき才能を持っているというのだ。最後に彼はパン一切れと薄切りの生ハムを姪に与えた。

「お尋ね者の人生の素晴らしさと言ったら！」と何回か噛んでから神学徒は叫んだ。「あなたもいつか体験することがあるでしょう、デルラ・レビアさん。そして自分の自由気儘さ以外に誰も従うべき主人がいないことがどれほど楽しいものかその時わかるでしょう」

　ここまではこのお尋ね者はイタリア語で話していたが、それからはフランス語で話を続けた。

「コルシカは若い人たちにとってはそんなに楽しいところではないですね。でもお尋ね者からしてみれば、それはなんたる違い！女たちが私たちに夢中になるのですから。ご覧の通り、私は三つの異なった地区に三人の愛人がいます。どこに行っても家同然に寛げます。そして三人の中に憲兵の妻が一人いるんですよ」

「随分とフランス語が達者なんだな、ムシュー」とオルソは真面目に言った。

「私がフランス語を話せるのは、『子供たちには最大の敬意を払わなければいけない』【maxima debetur pueris reverentia】」ということであり、それによってブランドラキオと私はこの娘《こ》は善き道を真っ直ぐと進んでいって欲しいと話を決めているのですよ、わかりますよね」

十一

「こいつが十五歳になったら、しっかり結婚させるつもりだ」とキリナのおじは言った。「結婚の候補者をもう一人目につけていてね」

「申し込むのはお前の方からか？」とオルソは言った。

「もちろんだとも。俺がコルシカの金持ちに『俺はブランド・サヴェリという者だが、そちらの息子さんがミケリナ・サヴェリと結婚してくだされば嬉しいもんですが』って言って、聞く耳持たないってことありますかね」

「私なら聞き入れるよう忠告しますね」ともう片方のお尋ね者が言った。「何せ相棒の拳はちょっとばかしきついですからね」

「もし俺が悪党で、ごろつきで、嘘つき野郎だったら」とブランドラキオは続けた。「俺の袋を開けて、百スー分の金を降らせてやりゃいいんだ」

「それじゃあお前の袋の中には、何かそれだけの金になるようなものがあるというのか」とオルソは言った。

「いや何も。ただねぇ、前に誰かがしたように金持ちのやつにこう書くんですよ、『百フラン入り用』とね。するとそいつは大慌てで私のところにそれだけの金銭を送ってくるのですよ。ただ俺は道義を重んじる男だからね、中尉殿」

「どうですデルラ・レビアさん」と相棒が司祭と呼んだ方のお尋ね者が言った。「どうです、こんな質素な国でも、私たちのパスポート（と彼は銃を示した）を使って獲得した名声を利用するみすぼらしい奴らがそこそこいますからね。私たちの筆跡を偽造して為替手形を引き出そうとしてね」

「それは知っているさ」とオルソはぶっきらぼうに言った。「だが為替手形だって？」「半年前」とお尋ね者は続けた。「私はオレッツァの方を散歩していたんですけど、一人の農民野郎が遠くから近づいてきて、帽子脱いでこう言ったのですよ。『ああ、司祭様（あいつらはいつも私のことをそう呼んでるんです）、すみませんが、少々時間をください。五十五フラン用意することはできませんでした。でも集められるのはこれが精一杯だったんです』。私はそれに対して驚いて『何言ってやがる、ろくでなしが！五十五フランだって？』と言ってやったんです。すると『六十五フラン欲しいのです、でもあなた様は百フランもってこいと言ってきましたけど、とても無理なんです』とそいつは答えてきたんですよ。そして『何馬鹿なことを言ってやがる！俺はお前に百フラン用意しろとか言うわけあるか！お前なんか知らねぇんだからな』と私は答えたのです。するとその男は私に手紙を寄越したのですが、いや手紙というかすげぇ汚い紙屑って言うべきですかね、そこには指定された場所に百フラン置くことを指示していて、それに従わなかったらジオカント・カストリコ、つまり私の名前ですが、によってお前の家が焼き払われ雌牛は殺されると脅していたんです。そして卑劣なことに、あいつは私の署名を偽造したのですよ！でも何よりも私がムカついたのは、その手紙は方言で書かれていて、単語の綴りが間違いだらけだったってことですよ……。私が綴りを間違えるとか！大学であらゆる賞を掻っ攫ったこの私が！そのクズ野郎にビンタを食らわせてやったら、そいつは二回ぶっ倒れたことでしょうな。そして『おい、俺を盗人と勘違いするとか、でたらめしてんじゃねぇよ』とそいつに言ってやったんです。で、足で蹴ってやったんですよあそこを、わかるでしょう?少しは気が治まったので、今度はこう言ってやりました。『その場所へはいつ金を持っていくことになってるんだ?』相手はちょうど今日だって答えたので、『じゃあ持っていけ』と言ってやりました。その場所は松の根元なのですが、わかりやすいようにしっかり目印がそこについてありました。そいつは金をそこに持ってきて、木の根元にそれを埋めて私のところに戻ってきました。私はその付近に待ち伏せをして身を潜めていました。そいつと一緒に六時間動かずにずっと待っていました。デルラ・レビアさん、必要とあれば三日ずっとそこにいたことでしょうね。六時間経過すると、バスティアチオ[14]が一人現れました。そいつは悪名高い高利貸しです。そいつが埋められた金を取ろうと身を屈めたその時、私はぶっ放してやったんです。その撃ち方があまりに正確だったため、そいつの頭は掘り出したばかりの金貨にぶつかったのですよ。そしてその農民に言ってやりました。『さあ、やくざ者が！お前の金をもう

14　原注：Bastiaccio：山に住むコルシカ人たちはバスティアの住民を嫌悪し、同国の者としては看做さない。Bastiese と呼ぶことはなく、いつも Bastiaccio と呼ぶ。ご存じの通り、accio という語尾は普通は軽蔑の意味合いで解釈される。

一回とるんだな、そして二度とジオカント・カストリコニがあんなクソ卑怯な真似をしようとは思わないことだな』。その可哀想なやつは全身すっかり震えていて、自分の六十五フランをついた血を拭うこともせずに集めたんですよ。そして私にお礼の言葉を言ったんですけど、そいつに別れの挨拶代わりに一発蹴りを入れてやりました。そしてそいつは大したスピードで走り去っていきました」

「そいつは司祭さん」とブランドラキオは言った。「いい具合にぶっ放したんだな、さぞや笑いが止まらんかったろ？」

「バスティアチオの野郎の顳顬にぶち当ててやったんだ」とお尋ね者は言葉を続けた。「それでウェルギリウスの詩を思いだしたんだ」

……Liquefacto tempora plumbo Diffidit, ac multa porrectum extendit arena.

「溶けた鉛が顳顬を真っ二つにし、戦場の真っ只中でゆっくりと倒れていった」

「溶けた【Liquifacto】ですって！信じられますオルソさん。鉛の弾が空中を飛んでゆく速度によって溶けていくなんて？あなたは弾道学を学んだことがあるんですから、これが正しいかどうか教えてくれませんかね？」

　オルソとしてはこの学士とは自分の行為についての道徳性よりも、このような物理的な問題について議論することの方を好んだ。だがブランドラキオの方は、このような科学的な議論をほとんど面白いとは思わず、太陽がそろそろ沈むことを指摘することによって話を中断させた。

「一緒に俺たちと食事しないのなら、オル・サントン、これ以上長い間コロンバ嬢さんを待たせない方がいいと思うぜ」とブランドラキオはオルソに言った。「それに太陽が沈んでしまってから道を歩いていくのはいいことじゃあありません。一体どうして銃も持たずに外に出てきたんですかい？ここら一帯、ロクでもない奴らばかりだぜ、気をつけな。まあ今日は心配するようなことは何もないですがな。バリッチニの奴らが知事を家に引っ張ってきたのですからね。道中で互いに遭遇して、ピエトラネーラで一日ほど滞在してコルトでおっ始めると聞いています……。馬鹿げた話だ！あいつは今夜バリッチニのところで宿泊するんですが、明日になれば彼らはやりたい放題ってことになります。ヴィンチェンテルロっていう悪党がいますし、オルランデュチオっていうこれまた同じくらいの悪党がいます……。今日は片方、その次の日はもう片方って具合に、別に別に会うようにしたほうがいい。ともかく気をつけてくださいな、それだけは言っておきます」

「忠告助かる」とオルソは言った。「だが争うつもりはないんだ。向こうが俺に対して何かしてくるまでは、あいつらに言うことは何もない」

お尋ね者は舌を頬に当てて皮肉な様子でそれを鳴らしたのだが、返事はしなかった。オルソは立ち上がり、そこを去ろうとした。

「ところで、火薬のお礼はまだしてませんでしたな」とブランドラキオは言った。「いいところに来てくれました。今では足りないものは何もないからな……。つまりまだ靴が足りないってことだが……まあ近々羊の皮から拵えまさ」

オルソは五フランの金貨をそっとお尋ね者の手に忍ばせた。

「お前に火薬を渡したのはコロンバだ。これで靴を買うんだ」

「馬鹿なことはやめましょうや、中尉殿」とブランドラキオは大声で言い、金貨二枚を返した。「俺を乞食と勘違いしていやしませんかね？　パンと火薬は受け取りますが、他のものはいらないんですよ」

「昔の兵隊同士なら、助け合ってもいいものかと思ったんだがな。まあそれじゃあ、さよなら！」

だがそこを去る前に、彼は金貨をお尋ね者に気づかれぬよう頭陀袋の中へ入れておいた。

「それではさようなら、オル・サントン！」と神学徒は言った。「また近いうちにマキで会うことになるでしょうが、その時またウェルギリウスの研究を続けましょう」

オルソがこの愛すべき仲間たちのところから離れて十五分すると、全力で自分の方に後ろから駆けてくる男の声が聞こえた。ブランドラキオだった。

「ちょっとひどいですよ、中尉殿。ちょっととてもひどいですよ！」彼は息を切らしながら大声で言った。「ほらあなたの十フランです。あんたじゃなかったら、こんな悪戯ただでは済ませませんよ。コロンバ嬢さんによろしく言っといてください。すっかり息が切れてしまいましたよ！それじゃあおやすみなさい」

十二

オルソは長い間不在だったため、コロンバが少し心配しているのをオルソは帰ると気づいた。だが兄の姿を見ると、いつものあの落ち着きながらもどこか悲しそうな雰囲気のある様子を取り戻した。夕食の間、大したことのないようなことについてしか話をしなかったが、妹の落ち着きを見て自信をもったオルソは、お尋ね者たちと会ったことを話した。それどころか小さなキリナが、叔父や尊敬すべき同胞カストリコニ氏の世話の下で受けている道徳的並びに宗教的な教育についていくつか冗談を述べたりもした。

「ブランドラキオは正直な男です」とコロンバは言った。「でもカストリコニはといえば、自分勝手に動く男と耳にしています」

「俺としてはあいつはブランドラキオと同じくらいの男だと思うし、その逆も然りだ。二人とも社会を相手に公然たる戦いを挑んでいるんだ。最初罪を犯せば、毎日それが新たな罪へと連鎖していく。だがそれでもマキに住んでいない奴らに比べればそれほど罪を犯してないだろうな」

喜びの一閃が妹の額に走った。

「そうだ」とオルソは続けた。「あの哀れな奴らも奴らなりの自負心を持っているからな。卑しい貪欲さではなく偏見の伴う残酷さによって、あいつらは今の境遇に陥ったんだ」

しばらく互いに無言のままだった。

「兄さん」とコロンバは兄にコーヒーを注いだ。「シャルル・バチスト・ピエトリが昨日の夜に死んだことは知っているでしょう？ ええ、マラリアに罹って死んでしまったの」

「ピエトリってのは誰だ？」

「この村落の男で、お父さんが亡くなる時にあの紙入れを受け取ったマドレーヌの旦那さんです。未亡人の奥さんが私のところにやってきて、お通夜の時に私が顔を出して何かを歌って欲しいってお願いしたの。兄さんも来てくれると助かるのだけれど。近所の人だし、私たちの住んでいるこんな狭い場所だと、欠かすことのできない礼儀よ」

「お前の通夜なんか知らないんだよ、コロンバ！ そんな具合に俺の妹が公の見せ物に自分からなるのを見るなんて嫌だよ」

「オルソ、各人の死には各人の流儀で敬意を示すものよ。バラッタは私たちのご先祖様から代々伝わるもので、古くからの伝統として私たちは敬意を示さなければいけません。マドレーヌは天からの授かり物はないですし、ここの最も優れた女流即興詩人は老フィオルティスピナで、今は病気に罹っています。バラッタを歌うためには誰かがいないとダメなのよ」

「シャルル・バチストというのが、彼の棺桶の上で下手な文句を歌ってくれなければ、あの世で迷子になってしまうとでもいうのか？通夜に行きたいなら行くがいいさ、コロンバ。俺もお前と一緒に行こう、俺がどうしてもしない義務があるとお前があると思っているのならな。だが即興で歌うのはやめてくれ、お前の年齢でするようなことじゃない。それに……。ともかくお願いだ、やめてくれ」

「約束はもうしてしまいました、兄さん。ここの慣習だってことは兄さんもわかってるだろうし、もう一回言うけれど、即興で歌えるのは私しかいないの」

「馬鹿げた慣習だ！」

「私だって歌うのは嫌ですよ。私たちのあらゆる不幸を思い出してしまうんだから。明日にでも病気になってしまうくらい。でも歌わないといけない。わかってちょうだい、兄さん。アジャクシオで私たちの古い慣習を馬鹿にしてきたあのイギリス人女性を面白がらせるために即興しろと兄さんが言ってきたのを思い出してください。それなのに私はあの可哀想な人たちのために今日即興してはいけないというの、歌ったら彼女たちは感謝してくれるし、悲しみを慰められというのに？」

「じゃあ、好きにするがいいさ。どうせもうバラッタを作ってしまったんだろう、そしてそれを歌いたいのだろう」

「いいえ、前もって作っておくことなんてできませんよ、兄さん。死んだ人の前に我が身をおいて、生き残っている人たちのことを考えるのです。目に涙が浮かんできて、頭に浮かんでくることを歌います」

これらのことが気取りなく言われて、シニョラ・コロンバにこれほどの詩的な自負心があったことは微塵にも思っていなかった。オルソは譲歩して、妹と一緒にピエトリの家へと赴いた。家の最も広い部屋で死人は机の上に横たわっていて、剥き出しになっていた。ドアや窓は開いていて、机の周りに多数の蝋燭の火が灯されていた。死人の枕もとには未亡人がじっとそこにいて、彼女の後ろにいる多数の女性たちが部屋の片側を占有していた。もう片側には男たちが並んでいて、立ったまま何も被っておらず、遺体にじっと目を注いでいて、深い沈黙を守っていた。訪問者が新しく来る度に机へと近づいていき、死人に口づけをした[15]。そして未亡人とその娘に対して軽く会釈し、一言も発さず集まりの中へと入っていった。それで時々、参列者の一人が荘厳な沈黙を破り故人に対して何か言葉をかけることがあった。

「どうしてあんな立派な奥さんから離れていったんだ」と言ったのは近所の親しいおばさんだった。「お前のことをあんなに世話してくれたじゃないか？何が足りなかったっていうんだい？あと一ヶ月どうして待たなかったんだい、お前の嫁さんが息子が授かったはずなのに？」

背の高い若者が一人いて、それはピエトリの息子だったが、父の冷たくなった手を握って叫

---

15 原注：ボコニャーノではまだ残っている慣習である。

んだ。

「どうして悲劇的な死[16]で死ななかったんだ？ 復讐もできないじゃないか！」

オルソがその家に入ってから初めて聞いた言葉がこれであった。オルソの姿が目に入ると、円になっていた参列者たちが道を開き、好奇心の伴うささやかな呟きが、女即興詩人の登場によってざわめいていた一同の期待を告げていた。コロンバは未亡人に口づけをして、片方の手を握りしめて、目を伏せじっとしたまま数分間黙想していた。そしてメッツァーロを後ろへと放り投げて、死者にじっと目を注いだ。そして遺体の上にかがみ込み、その死者と同じくらい青ざめた状態で、次のように歌い始めるのであった。

シャルル・バチスト！キリストが汝の魂を受け入れることを！――生きるとは苦しむこと。汝が赴くのは陽も冷もなき所。――汝はもう鉈鎌など必要ない――重たき鶴嘴もだ――仕事は汝にはもはやない――これからの何時の日々は休み也――シャルル・バチスト、キリストが汝の魂を受け容れた――汝の息子が汝の家を治める――槲の木が倒れるのを我は見たり――リベッチによって乾いたその木を――その木は死んだと我は思いき――またそこの木ある所に戻って見れば、その根は――新たな芽を萌え出き。新たなその芽は槲の木となり――広く茂りき――強き枝の下、マデーレ、休まれよ――そしてもはや無き槲に馳せよここでマドレーヌは大声で啜り泣きし始めた。そして居合わせた二、三人の男たちもシャコを撃つのと同じくらいの冷血さでキリスト教徒たちに銃を撃ってもおかしくないような連中だったが、彼らの日焼けした頬に流れている大粒の涙を拭い始めるのであった。コロンバはこのようにして歌い続けて、ある時は故人に対してある時はその家族に対して呼びかけて、時々バラッタに頻繁に出てくる活喩法を駆使しながら死者自身が語るようにさせて、その友人たちを慰めたり忠告を与えたりした。即興していくにつれ、彼女は荘厳な表情を浮かべるようになっていった。彼女の顔色は透き通ったバラ色に染まっていき、それが歯の艶や大きく開いた瞳の煌めきをより際立たせるのであった。まさしく三脚台をめぐる女占い師であった。いくつかのため息と押し殺したような啜り泣き以外は、歌っている彼女の周りに押し寄せている大勢の人たちからほんの微かな囁きすらも聞こえてこなかった。こうした野蛮な詩を他の人より理解できなかったとはいえ、それでもオルソは全体に漂っている感情に自分も染まっていくことを感じた。部屋の薄暗い隅に身を引っ込めつつ、ピエトリの息子が泣いたのと同じように涙を流すのであった。

16　原注：La mala morte、酷い死。

突然、一同の間にちょっとした動揺が広がった。円形を成していた参列者たちは道を開け、複数の見知らぬ人たちが入ってきた。一同が彼らに示した敬意、並びに急いで道を開けたことを鑑みれば、それらの人々は重要な価値を持ち、その訪問がその家にとって格別に栄誉的なものであることは明らかだった。だがバラッタに対する敬意から、誰も彼らに言葉をかけなかった。最初に入ってきた人は大体四十くらいの年齢と思われた。黒い服を着ていて、バラ結びをした赤色のリボン、威容を漂わせている雰囲気、そして自信を浮かべたその顔つきから、すぐに知事だとわかった。彼の後ろには背の曲がった老人がついてきて、黄色っぽい顔をしていて、彼の眼差しは緑のメガネをかけているにも関わらずその下から物怖じして動揺が感知できた。黒い服を着ているがそれは彼に似合わぬくらい大きく、新品同様と言ってよかったが、明らかに数年前に作られたものであった。常に知事の近くにいたのだが、その姿は知事の後ろに隠れていたとも言えた。そしてその者の後に、背の高い二人の若い青年が入ってきた。彼らは真っ黒に焼けた肌をしていて、頬は茂った頬髭によって覆われていて、尊大で傲慢そうな目をしていて、傲岸無礼な好奇心を現していた。オルソは自分の故郷村の人々の顔を忘れてしまうくらいに、そこからずっと離れていたのである。だが緑色のメガネをした老人の姿はすぐに彼の脳裏に昔の思い出を呼び覚ました。知事に続いてその老人が現れただけで、それを思い出すには十分だった。その者はピエトラネーラの村長である、弁護士バリッチニであり、バラッタの詠吟を知事に見せるために二人の息子を連れてやってきたのである。この瞬間にオルソの脳裏に浮かんだことを明確に説明することは難しい。だが父の敵が姿を現したことは一種の恐怖を引き起こし、長い間格闘してきた疑いの念がまた自分に兆し始めるのを今までにないくらい感じ取ったのである。

コロンバにとしては、熾烈を極めて憎しみを向けた不倶戴天の敵の姿を見ると、彼女の移ろいやすい表情はすぐに禍禍しい表情を出し始めた。その顔が蒼白になった。声は嗄れて、歌っていた詩句は唇までかかったが声にならなかった……。だがすぐにバラッタの詠吟を再開して、激情を新たに歌い続けるのであった。

「ハイタカが嘆く時――己の巣を前に――椋鳥たちがその周囲を飛び回る――その苦悶を蔑笑するが如く」

この時、笑い声を押し殺すような声が聞こえてきた。その声を出したのは先ほど入ってきた二人の若者であり、彼女の歌の比喩があまりに傲岸不遜なものと受け取ったことは疑いない。

「ハイタカは目を覚ましその翼を広げんとした――その嘴を血に浸して洗わん！そして汝、シャルル・バチスト、汝の友たち――汝の永劫の別れを彼らが告げんとする。――彼らの涙は溢るるばかりに流れたり――ただ哀れな孤児のみが汝に涙を流すことなし――なぜ彼女は以前汝のために涙を流したのか？――汝は幾多もの日々を眠りき――汝の家族に囲われながら――全能なる神の御前に――拝謁するために。孤児は己が父を想い泣く――卑怯な暗殺者どもが急襲し、背後から討ちかかる。孤児の父の血は紅く――緑の木の葉に覆われる――だがその孤児の女は己が父の血をかき集めき——高潔で罪なきその血を。——その血をピエトラネーラの上に被らせ——死に至らしめる毒とせんばかりに——そしてその血の刻印がピエトラネーラから消ゆることとなし——罪ある血が——罪なき者の血の痕跡を消し去るその時まで」

こう歌い終わると、コロンバは身を椅子に投げて、メッツァーロを頭に巻き、咽び泣く声が聞こえてきた。泣いていた女たちは急いでその女即興詩人の周りにやってきた。多数の男たちは村長とその息子二人に憎しみの眼差しを投げるのであった。何人かの老人たちは彼らがこの場に姿を現したことによって雰囲気を見出したとしてブツブツ文句を言った。死者の息子は一同をかき分けて村長の方に歩み寄ってきて、村長にここをすぐに立ち去ってくれることをお願いした。だが村長はそのお願いを最後まで聞くことすらなく、戸口の方へと行った。また二人の息子もすでに外の通りへと出ていた。知事は彼らにお悔やみの言葉をいくつか述べて、すぐに村長たちの後についていった。オルソの方は、妹に身を寄せてその腕をとり、部屋の外へと連れていった。「見送って差し上げろ、何も起きないようにしっかりと気をつけるんだ」と若きピエトリが友人たちの何人かに言った。

二、三の若者が探検をすぐに用意して上着の左の袖にそれを突っ込んだ。そしてオルソと妹を家の戸口まで護衛した。

十三

息を切らして疲れ切っていたコロンバは、自失の状態にあり言葉を発することができなかった。頭は兄の肩にもたれかかっていて、自分の両手で兄の両手を握っていた。妹の詩歌の結びの部分についてオルソは内心かなり嫌悪していたが、あまりに彼はその身を心配していたため、非難の言葉を浴びせることができなかった。妹が陥っていたらしい深刻な興奮が終わるまで無言のままでいたが、その時ドアを叩く音が聞こえて、サヴェリアが全身怯えた様子でこう伝えた。

「知事様が来訪されました!」

その名前に、コロンバは自分の脆弱さを恥と思うかのように身を起こし、椅子に手を置いて支えとして直立した状態にあったが、その椅子はコロンバの手の下で振動しているのは明らかだった。

知事はまず突然来訪してきて申し訳ないという平凡な言い訳から口を切って、コロンバ嬢に哀悼の意を述べ、それから強烈な感情の危険性について言及したりした。さらに葬式で哀歌を歌うことを非難した。というのも即興詩人の優れた才能も、まさにそれ故に参列者にとってより苦しいものとして感じられることもあるからである。そして即興詩の結びの部分の調子についても軽い非難を仄めかしたりもした。それらが言い終わると、口調を変えてこう言った。

「デルラ・レビアさん」と彼は言った。「そちらのご友人のイギリス人の方からお礼の言葉を言ってほしいと頼まれております。ミス・ネヴィルもそちらの妹さんにくれぐれもよろしくと仰っていました。彼女からオルソさんに渡す一通の手紙を頂いております」

「ミス・ネヴィルの手紙だって?」とオルソは大声で言った。

「申し訳ないですが今手元にはないのですが、五分もすれば持ってきてくれるでしょう。ミス・ネヴィルのお父さんが病気に罹ってしまったのです。コルシカの恐るべき感染病に罹ったのではないかと一瞬心配しておりましたが、幸いそれは杞憂だったようです。というのももう少しすればあの方にオルソさんがお会いすることができると思っておりますので」

「ミス・ネヴィルは相当心配したでしょうね」

「幸いなことに、お父様の病について知った時は、もう大分回復していた段階にありました。デルラ・レビアさん、ミス・ネヴィルはあなたと妹さんについてたくさんのことを話してくれました」

オルソは頭を下げた。

「彼女はあなた方二人に対して多大な好意を感じております。優美さを出して軽薄そうに見えるのですが、実は完璧な理性をその下に隠されております」

「魅力的な人間ですよ、彼女は」とオルソは言った。

「私がこうしてここに来ているのも、彼女のお願いを聞き入れるためがほとんどです。あなたとしては思い出したくはないでしょうが、私ほどあの宿命的な歴史について知っているのはいないですからね。バリッチニ氏がまだピエトラネーラの村長であり、私がこの州の知事である以上、私が抱いているある種の嫌疑についてあなたにわざわざ語る必要もありますまい。その嫌疑というのは、私も詳しく報せを受けたように、数人の分別のない人たちがあなたに通知し、あなたの立場と性格として当然の怒りを以てそれを退けたということです」

「コロンバ、お前はもう疲れただろう」とオルソは椅子の上で身を揺らした。「もう休んだ方がいい」

コロンバはそれを否定することを示すように頭を振った。彼女はいつもの冷静さを取り戻し、その熱のこもった両眼をじっと知事の方に向けた。知事は話を続けた。

「バリッチニ氏としてはそのような敵対関係……。つまり互いに相対することによって生じる不安な状態、をもうやめたいと熱心に臨むことでしょうな……。私と致しましても、互いに尊重するべきものとして作られている人間同士が一緒に調和のある関係を築くことを、この目で見ることができればとても嬉しい限りです……」

「知事殿」とオルソは興奮したような声で話を遮った。「私はバリッチニ弁護士を私の父を殺害したとして告発したことは一度もありません。ですが彼がしたある行為が今後とも関係を築くことを永久に妨げることになりました。つまり彼はあるお尋ね者の筆跡を偽造することにより脅迫文を書き上げたのです……。少なくとも密かにその脅迫文を父が書いたようにでっち上げたのです。ともかく、知事殿、その手紙は父の死の間接的な原因となったことでしょう」

知事はしばらく考え込んだ。「そちらのお父様が、そう思い込んで彼の気性の激しい性格からくる怒りによってバリッチニ氏に対して訴訟を起こしたことは、仕方のないことです。ですがあなたの場合においては、そのような衝動的な行動は許されるものではありません。考えていただきたいのですが、バリッチニ氏はそんな手紙を仕立て上げたところで何ら利益はないのですよ……。彼の性格について言っているのではありません……。あなたはバリッチニ氏をご存知ないのです、偏見を抱いているのです……。ですがあの弁護士の方が法律を知らないなんてまさかあなただってそう考えないでしょう……」

「しかし知事殿」とオルソは身を起こした。「私に対してその手紙を仕立てたのはバリッチニではないと述べることは、私の父が書いたものと意味することを考えていただきたいのです。父の栄誉は、知事殿、すなわち私の栄誉です」

「誰よりも私が」と知事は続けた。「デルラ・レビア大佐の栄誉を確信しているのですよ……。ですが……、この手紙を仕立てた人物は今ではもう判明しているのです」

「誰よ？」とコロンバは大声を上げながら知事の方に身を進めた。

「多数の罪を犯した、憐れむべき人です……。しかもその罪はあなた方コルシカ人にとっては決して許されないものでしょう。その者はトマソ・ビアンキとかいう泥棒でして、今はバスティアの牢獄に拘禁されています。その者があの宿命的な手紙を書いた本人だと明かしたわけです」

「そんな人間は知りません、一体何が目的で手紙の偽造を?」とオルソは言った。

「この土地の男です」とコロンバは言った。「昔私たちの家に出入りしていた粉屋の兄弟です。悪い人で嘘つきで、信用するにはとても足らない人物です」

「その男が今回の件についてどのような利害があるかは、これからわかります」と知事は続けた。「妹さんの仰る粉屋とは——確かにその男は自分をテオドールと言っておりましたが——バリッチニ氏があなたのお父様と所有権を巡って争っていた水路上の水車について、彼が大佐から借りていたのです。物惜しみのしない大佐のことですから、貸した水車についてほとんど何もその代価を受け取らなかったのです。さて、トマソはもしバリッチニ氏が水路の所有権を獲得したなら、自分は相当な額の賃貸料を払わないといけないと考えたのです。なぜならバリッチニ氏の金銭欲が相当に強いのは周知ですからね。手短にいえば、兄のために、トマソはお尋ね者の手紙を偽造したわけです。とまあこれが事の経緯の全てです。あなたも存じているでしょうが、ここコルシカで家族同士の絆はとても強いもので、時々犯罪にまで発展することがあるのです……。検事総長が私に宛てて書いてきたこの手紙をぜひ読んでいただきたい。そうすれば私の言いたいことが正しいものと理解してくれると思います」

オルソは手紙に目を通したが、そこにはトマソの自白について詳細に述べられていた。コロンバも同時にその手紙を兄の肩越しに読んだ。そして読み終わると、コロンバはこう大声で言った。

「兄さんがコルシカに戻ってくることをオルランデュチオ・バリッチニが耳にすると、彼はバスティアに一ヶ月前に行ったのです。おそらくトマソとそこで会って、その嘘を金を払ってつかせたのです」

「お嬢さん」と知事は我慢がならず言った。「あなたの仰っていることは全て卑劣とも言える仮説に基づいています。それは真実を見つけるにあたって適切な手段と言えるでしょうか？お兄さん、あなたは冷静でおられる。今あなたが何を考えているのか教えていただけませんか？あなたはこのお嬢さんの仰るように、軽い刑罰しか言い渡されていない男が、自分の知らない人のために偽造の罪を喜んで犯し、刑罰を強めるリスクを背負うものでしょうか？」

オルソは検事総長の手紙の一字一句を尋常ならざる注意を払いつつ、再度目を通していた。というのもバリッチニ弁護士を目にして以来、数日前とは違い簡単に納得できなくなったのである。そしてついに知事の説明は納得のいくものだと表明せざるを得なくなった。だがコロンバは力を込めて大声で言った。

「トマソ・ビアンキは狡猾な男です。罪からまんまと逃れるか、脱獄するかのどちらかでしょう。それを確信しています」

知事は肩をすくめた。

「私が耳にしている報せをそちらにお伝えしました」と知事は言った。「これでお暇させてもらいますが、よく考えてくれたらと思います。あなたの理性があなたを照らすことを期待し、その理性が……、妹さんが思っているよりも強ければと希望しています」

オルソはコロンバの非礼を少し弁明した後、唯一有罪なのはトマソだけと目下のところ考えていると繰り返した。

知事は家から出ようと立ち上がった。

「本当は私と一緒に来ていただいてミス・ネヴィルの手紙を受け取ってくださることを申し出たいところですが、何ぶんすでにとても遅くなってますので……。さらにその場合、私に今仰ったことをバリッチニ氏にも伝えて、それで一件落着ということにもなるのですが」

「オルソ・デルラ・レビアは絶対にバリッチニ家に足を踏む入れることはありません！」とコロンバは凄まじい勢いで叫んだ。

「どうもお嬢さんはこの一家のティンティナジョ[17]かと見受けられます」と揶揄うように知事は言った。

17　原注：tintinajo：家畜の群れを先導し鈴をつけている雄山羊のことをこう呼ぶ。そこから派生する形で、一家のうち重要な事柄についてのリーダー的な立ち位置にある者を比喩としてこの名前で呼ぶようになった。

「知事様」とコロンバは確固たる口調で言った。「あなたは騙されているのです。あの弁護士がどういう人かご存知ないのです。あれほど狡猾で悪巧みする人間はいません。オルソ兄さんに恥をさらに重ねるような行動をすることはどうかやめてください」

「コロンバ！」とオルソは叫んだ。「お前は無我夢中になっていて頭が錯乱しているんだ」

「オルソ！オルソ！兄さんに手渡した手箱にかけて、どうか私の言葉に耳を傾けてちょうだい。兄さんとバリッチニ一家の間には血が流れているのです、絶対にあいつらの所に行ってはいけません！」

「おいコロンバ！」

「ダメよ、兄さん。絶対に行ってはだめ。さもないと私はこの家から出ていって、もう兄さんと会うことはないわ……。オルソ兄さん、どうか私のことを憐れんで」

そして彼女は跪いた。

「残念ですな、デルラ・レビアさんがこんなに馬鹿げた振る舞いをするのを見るなんて」と知事は言った。「彼女のことをオルソさんが説き伏せてくれるのですよね、間違いなく」

知事はドアを半分開いて立ち止まった。オルソが自分の後についてくることを待っているかのようだった。

「今こいつを置いていくことはできません……。でも明日……」とオルソは言った。

「私は朝早くもう出立します」と知事は言った。

「兄さん、少なくとも明日の朝までは待ってちょうだい」とコロンバは手を合わせて叫んだ。「父さんについての書類をもう一回私に見せて……それすらも駄目なんて許されるはずがない！」

「わかったよ、今晩見るんだ。だが俺をそのように憎しみいっぱいで見るのはもうやめて欲しいな……。知事殿、謝っても謝りきれない……。私自身もとても気分が悪いので……。いっそのこと明日の方がいいかと思うのです」

「夜の方が頭が冴えますからね」と知事は帰ろうとしながら言った。「明日になればあなた方がまだ決断していないことについては全て解決しているものと期待します」

「サヴェリア」とコロンバは大声で言った。「ランプを持って知事様を見送りしてちょうだい。兄さんのための手紙を渡してくれるのだから」

他にも数語サヴェリアだけに理解できる言葉を喋った。

「コロンバ」と知事が行ってしまった時に言った。「お前のせいで相当苦しい思いをしたんだぞ。もうバリッチニが無罪な証拠はあるのに、それでもそれを拒むつもりかい？」

「明日まで待ってちょうだい。時間はもうないけど、それでもまだ私には望みがあるの」

そして鍵の束を取り上げると、二階にある部屋の一つへと駆け登っていった。そこから勢いよく引き出しが開かれたり、デルラ・レビア大佐がかつて重要な書類を仕舞い込んだ引き出し付きの机を探り回す音が聞こえてきた。

十四

サヴェリアは長いこと帰宅せず、オルソの苛立ちがもはや限界にまで来ていた時ようやく帰ってきた。彼女は手には手紙を持っていて、その後ろには小さなキリナがいた。キリナは目を擦っていたが、それは寝入ろうとするところを起こされたからである。

「おいキリナ、お前はこの時間にここに何しに来たんだ?」

「お嬢様がここにこいと命令しました」とキリナは答えた。

「一体あいつは何を考えているんだ?」とオルソは考えた。だがリディア嬢の手紙はすぐに封を破り内容を読んでいる間、キリナは妹のところへと上がっていった。手紙には次のよう書かれてあった。

「お父さんが少し具合が悪くて、それに書くことを好まない性分ですから、彼の代わりとして私が秘書の務めを果たすことになりました。先日、父が海辺で私たちと一緒に景色を賞賛する代わりに両足を濡らしてしまったのですが、あなたがたの住む素敵な島で熱病に罹るのはそれだけで十分だったのです。あなたがたがどういう表情をするか、目に浮かぶようです。あなた方は自分の短剣を探しているのは間違いないことでしょうが、その短剣はもうなかったらいいのに。それで、父は少しばかり熱病を出したのですが、それを知った私はそれはとても怯えてしまいました。知事さんについては、私が非常に好感を抱く方と主張しておりますが、その方が私にかなり感じのいい医者を一人用意してくださいました。腕もよく、二日のうちに私たちの不安は払拭されました。病の発作が起こることは二度となく、お父さんはまだ狩りをやりたがっています。でも私はまだ許しておりません。——山にあるあなた方の自宅はいかがいたしまして?北側の塔はやはり今も同じ場所にあるのですか?幽霊はおりますか?こういったことを全部訊くのは、オルソさんがお父さんに約束してくれたことを彼が覚えているからですよ、鹿や猪、それからムフロン（山羊）……って名前でしたっけ?その奇妙な動物名は、とにかくそれらを用意してくれるって?そちらに伺うためにバスティアから船に乗るつもりですが、ぜひその際ぜひそちらの家で宿泊させてほしいのです、そしてデルラ・レビアの城について、あなたはとても古く荒廃していると仰っていますが、それが私たちの頭上に崩れ落ちないように願っております。知事はとても素敵な方で会話をしていて話題が途切れるということはないのですが、ついでながら【by the by】、その人が私を夢中になって得意になってますの。——私たちはあなたの土地コルシカについて話していました。バスティアの役人たちが、現在拘留されているお尋ね者について何かしらの自白を引き出し知事にそれが伝えられていました。そしてその自白内容はあなたの最後の疑いも晴らされるものであります。私が時々不安を覚えたあなたの敵意も、それを耳にすればもうなくなってしまうというわけです。それがどれほど私を喜ばせるか到底わからないでしょう。あなたがあの美しい女即興詩人と一緒になって出発した時、手には銃を担いでいて、不吉な眼差しをしていました。それはいつもよりもコルシカ的なものとして私の目に映ったのです……。いや余りにコルシカ的すぎたのです。これでおしまい【Basta】！こんなに長々と書いてしまったのも、私は退屈していたからなの。知事の方も行ってしまいますし、ああ！私たちもあなたが住んでいる山々の方に出発する時が来たら、コロンバさんに失礼ながら私の大事な【ma silence】ブルッチオをご馳走していただくかと思います。それまでに、彼女に私からぜひともよろしくと言っておいてくださいな。あなたの短剣については大いに活用しております、私が携えている小説のページを切り取ったりしてね。でもこんな恐ろしい刃物がこんなことに使われることに腹を立ててしまって、可哀想になるくらいに私の本を切り破ってしまいましたわ。それでは、ムシュー。お父さんはあなたに心から愛している【his best love】と言っております。ぜひ知事の方の仰ることに耳を傾けてくださいね、あの方は優れた助言をしてくださりますし、あなたのためにわざわざ寄り道をしてくださってます。コルトで定礎式があって、そこに出席するつもりでいるのです。実に堂々たる式典になるのでしょうね。そしてそこに私が出席できないことをとても残念に思っております。刺繍された衣服、絹の靴下、白い口髭、鏝を片手にした男性……！そして演説が行われて、その式典は何度も何度も国王万歳と叫ばれて締めくくられるのだわ！十四ページ分もの手紙を私に書かせたことにあなたは得意になることでしょうね。でも繰り返しますけど私は退屈なのですよ。だからあなたも私にとても長い手紙を寄越してちょうだい。それと、あなたがピエトラネーラ城に無事到着なさった事を私にお知らせしてくれなかったのは、どうも変だと思いますね。

リディア」

「追伸——知事の方の言葉に耳を傾けて、言われた通りにやるよう頼みます。あなたがそのようにしてくださることを私たちは一緒に決めたのです、そしてそうしてくだされば嬉しく思います」

オルソはこの手紙を三、四回読み、読む度に頭の中で無数の注釈を拵えていった。そして長い返事を書いて、サヴェリアにその手紙を同じ夜にアジャクシオへと向けて出発する村のある男に持たせるよう命じた。オルソはとっくに妹とバリッチ二一家の被害の訴えが本当か否かについて議論する気はほぼ無くなっていた。リディア嬢の手紙のおかげで彼は全てがバラ色に見えた。疑いも憎しみももうなくなっていたのだ。しばらくの間妹が降りてくるのを待っていたのだが、姿を現さないのを見てベッドに入ろうとした。彼の心は長い間忘れていた軽やかさがあった。内密な指示を受けてキリナは帰っていき、コロンバはその夜の大部分の時間を役所で無用になった書類を読むことに費やした。日が明ける少し前、コロンバのいる部屋の窓に小石がバラバラと降ってきた。彼女は庭へと降り隠しドアを開き、邪な顔つきをしている二人の男を家の中に引き入れた。彼女が最初に焼いた世話は彼らを台所へと連れていって、食事を与えることだった。この男たちが誰なのか、間もなくわかることになる。

十五

朝の六時ごろ、知事の従僕がオルソ家のドアを叩いた。コロンバが彼を招き入れると彼は、知事はこれから出発するので兄のオルソを待っていると伝えた。コロンバはすぐに兄は先ほど階段から足を踏み外して、足を挫いてしまい、歩くことができないのだと述べた。そして申し訳ないのですが知事様ご自身がこちらにご足労くださるとお願いした。そしてこう言うとすぐに、オルソが降りてきて妹の知事が使いを寄越してこなかったかと尋ねた。

「ここでお待ちくださいという意味です」と彼女は大いに落ち着いた調子で言った。

バリッチニ家の方では何ら動くがすることないまま半時間が過ぎた。だがオルソはコロンバに何か新たなことを発見したかどうか訊いた。彼女は知事の前で説明すると述べた。彼女は大いに平静な状態を装っていたが、その顔色と目は本当はとても落ち着いていられない状態にあることを物語っていた。

ついに、バリッチニ家のドアが開くのが見えた。最初に出てきたのは旅行服を着ていた知事であり、その後ろには村長と息子二人が付いてきた。ピエトラネーラの住民たちが州一の権力ある役人が出ていくのを見ようとして待ち構えていたのだが、その役人が家から出てくる時にバリッチニ家の三人を付き従えて広場を真っ直ぐ横切っていって、デルラ・レビア家に入っていくその姿を彼らが見た時の驚いた状態はとても言葉で表せられるものではなかった。

「彼等は和解するんだ！」と村の政治屋たちが叫んだ。

「俺の言った通りじゃないか」と老人が言葉を足した。「オルソ・アントニオは大陸の方であまりに長く暮らしちまった者だから、度胸ってもんをなくしちまったんだ」

「でもさ」とレビア派の人が答えた。「バリッチニの方がオルソたちの方へと出向いているんだぜ。あいつらが許しを願っているんじゃねえのか」

「なぁに、知事が全員丸め込んだんだろ」と老人が言った。「最近の人たちはもう度胸なんてありゃしねぇからな、特に若い奴らはまるで自分たちが捨て子であるかのように親たちの性分なんて一向に気にかけないからな」

知事はオルソが立っていて普通に歩いているのを見て多少なりとも驚いた。コロンバは自分の嘘に簡単な言い訳をし、許しを乞うた。

「知事様が他の場所で宿泊されているのでしたら、兄は昨日にでも敬意を示しにお伺いしたでしょうが」

オルソはまごついて言い訳をした。こんな馬鹿げた策略は自分には全く関係のないことであり、深く侮辱されたと述べた。知事と老いたバリッチニはオルソのその恨み言は嘘ではないと信じたようであり、オルソが混乱した様子を見せ、妹に叱責の言葉を投げたことからもその真実性が裏付けられると考えた。だが村長の息子たちは納得していないようだった。

「馬鹿にして嫌がる」とオルランデキオが他人に聞こえるほど大きい声で言った。

「もし俺の妹がこんなふざけた真似をしたのなら、二度と舐めたことをさせてやらないくらいにとっちめてやるんだがな」とヴィンチェンテルロが言った。

こうした言葉とその喋り方はオルソに嫌悪感を与え、彼の好意的な姿勢は少しばかり喪失された。バリッチニの息子たちとオルソが交わした視線にはいかなる善意も現れ出ていなかった。

だがともかく、一同はともかく着席した。ただコロンバだけは立ったままでいて、台所へと続くドアのそばで立ったままでいた。知事が最初に言葉を切り、コルシカの偏見についてありふれた言葉をいくつか喋り、その後互いの反目の大部分の最も激しいものでさえも、双方の誤解に基づくものだと述べた。そして村長の方へと向いて、デルラ・レビア氏は自分の父の命を奪ったあの忌まわしい事件においてバリッチニ一家が直接的にせよ間接的にせよ関与したと考えたことは一度たりともないと述べた。両家の間にあった特定の訴訟問題については何かしらの疑念を抱いていたのは事実だが、それもオルソ氏が長い間コルシカから離れていて、彼が受け取った報告を鑑みれば止むに止まれぬものである。その報告は最近になって知ったことであるし、オルソ氏は今は完全に納得しておられ、バリッチニ氏とそのご子息たちと近隣者同士として友好関係を築きたいことを望んでおられる、と述べた。

オルソはぎこちない様子で会釈した。バリッチニ氏は誰も聞こえない言葉をいくつか呟いた。息子たちは天井の梁にじっと目を向けていた。知事はスピーチを続け、オルソに対して今バリッチニ氏に対して述べた内容と対になるような言葉を述べようとした。その時コロンバがスカーフから書類を数枚取り出して、和解を締結しようとしている双方の間に重々しく進み出た。

「双方の一家にとって争いが終焉致しますことは、とても喜ばしいことになるでしょう」と彼女は言った。「ですがその和解が真実なものとなるために、十分に説明し、疑いが残るようなことは少しもあってはなりません。──知事様、トマソ・ビアンキの申述は私といたしましては十分に疑わしいものと思っております、なぜならその男は悪名高いのですから。そちらのご子息がその男をバスティアの牢獄でおそらく会ったと私は申し上げました」

「それは嘘だ」とオルランデュキオが言葉を遮った。「そんな奴と会ったことはない」

コロンバは軽蔑の眼差しを相手に注ぎ、外見上は大いに平静を保ったまま言葉を続けた。

「トマソがバリッチニ氏に対して世間で恐れられている尋ね者の名前で脅迫することによって得られる利益について、知事様は私の父が安い値段で貸していた水車を兄のテオドールが所有権を保持し続けられるからだと説明なさいましたよね？」

「それは全くその通りです」と知事は言った。

「そのビアンキというのはどうしようもない奴だということで、全てが説明できる」とオルソは妹の落ち着いた様子に思い違いをしてこう言った。

「偽造の手紙の日付は七月十一日となっております」とコロンバはとても強い輝きを放ち始めた。トマソは当時その兄のいた水車にいたのですよね？」

「ええそうです」と村長は少しばかり動揺した。

「ではトマソ・ビアンキはどんな利益があったというのでしょう？」とコロンバは勝ち誇った様子で言った。「その男と兄の賃貸契約の期限はもう切れていたのでした、父が彼に七月一日付けで暇を出したのですから。こちらにあるのが父の帳簿です、解雇を示す原本と、新しい粉屋について斡旋してきたアジャクシオの人物の手紙です」

彼女はこう話しつつ、手に持っていた書類を知事に渡した。

驚きが一座に一瞬広がった。村長は明らかに蒼白になっていた。オルソは眉を顰めながら、知事が多大な注意を払って読んでいる書類の内容について知ろうと前に進み出た。

「馬鹿にしやがって！」とオルランデキオが怒った様子で立ち上がった。「行きましょう、お父さん。ここに来るべきじゃなかったんだ！」

バリッチニ氏が冷静さを取り戻すためには、ちょっとの時間があれば事足りた。その紙の内容を読ませるように要求した。知事は一言も言わずにそれを彼に渡した。そして緑色の眼鏡を額の上にあげて、無関心気に書類に目を通して行ったが、その間コロンバは子供のいる巣穴に近づいていく鹿を狙っている虎のような目つきでその様子にじっと目を向けた。

「だが」とバリッチニ氏はメガネを下げて書類を知事に渡して言った。「亡くなった大佐の善意を計らって……、トマソはこう考えたのです……。考えたに違いない……。大佐が解雇したことについて決心を翻してくれるだろうと……、実際、水車は所有し続けたわけですし、それに……」

「私ですよ」とコロンバは軽蔑気味な口調で言った。「父が亡くなったので、立場として私が家の取引先と応じなければならないのは私ですからね」

「ですが」と知事は言った。「そのトマソは自分がその手紙を書いたと認めているのですが……。これは厳然たる事実です」

「私にとって事実なのは」とオルソは言葉を遮った。「この事件において何かとても恥辱的なものが隠されているということです」

「私もこの人たちの言明に対して反駁すべきことがあります」とコロンバは言った。

彼女はキッチンへのドアを開き、するとすぐさま広間にブランドラキオとあの神学徒と子犬のブルスコが入ってきた。その二人のお尋ね者は武器を持っていなかった、少なくとも外見上は。帯のところでは弾薬入れをつけていたが、それに普通は付いているはずの拳銃は全くなかった。広間に入っていくと、丁重な様子で帽子を脱いだ。

彼らが突然その場に現れた時の一同に与えた効果については読者の判断に委ねたい。村長は仰向けに倒れてしまうような気がした。息子たちは律義に村長の前に飛び込んだ。そして手を各々の衣服のポケットに入れて、短剣を探した。知事はドアの方へと進もうとしていたが、他方オルソはブランドラキオの襟を掴んで、大声で言った。

「一体ここに何しにきたんだ、馬鹿が！」

「罠だ！」と村長はドアを開けようとした。だがサヴェリアはドアを外から二重に閂をかけていたのであった。それはお尋ね者たちの命によるところだと後から知られた。

「みんな！」とブランドラキオは言った。「俺を怖がらないでくれ。色は黒いけど俺たちは悪魔じゃない。悪いことをしようって訳じゃないんだ。知事殿、俺はあんたのためにいるんだ。中尉殿、落ち着いてくだされ、締め付けられそうだぜ。――俺たちは証言をするためにきたんだ。さあ話せよ、お前、司祭さんよ、お前は喋りたくて喋りたくてたまらないだろうからよ」

「知事殿」と学士は言った。「お初にお目にかかります。私の名前はジオカント・カストリニコと申します。司祭という名前の方がより知られています……。ああ！覚えてらっしゃいますね！お嬢さんが、その方とはお近づきになることは今までなかったのですが、彼女がトマソ・ビアンキという名の人物について教えてほしいことがあると尋ねてきたのです。その人物と私は三週間前に、バスティアの牢獄で一緒に投獄されていたのですが、その男について私はこれから話したいと思います……」

「そんなことをわざわざする必要はないですよ」と知事は言った。「あんたのような男から聞くようなことは何もないのですからね……、デルラ・レビアさん。このような忌まわしい陰謀についてあなたは関与していないと私としては思いたい。ですが、あなたの家の主はあなたですよね？ その戸を開けてくださいこ。あなたの妹さんは彼女がそのお尋ね者たちとある奇妙な関係について説明したいことがあるのでしょうから」

「知事様」とコロンバが大声で言った。「この男がいうことにどうか耳を傾けてください。あなたがこちらにいらっしゃったのは何が正しいのかを皆に説明することであり、真実を明らかにすることではありませんか。話しなさい、ジオカント・カストリコニ」

「聞くな！」とバリッチニ家の三人は一斉に叫んだ。

「全員が一斉に話すなら、内容が聞き取れないじゃないですか」とお尋ね者は微笑みを浮かべた。

「それで、私が投獄されていた時に一緒に、といっても友人というわけではありませんが、そのトマソってのはいたんですよ。そいつの元にオルランデキオが度々訪ねていたのでした……」

「嘘をつくな！」と二人の息子たちは一斉に叫んだ。

「二つの否定は一つの肯定と同じだな」とカストリコニは冷静に言った。「トマソには金があったのですよ。一番いいものを食べたり飲んだりしていました。私も昔から大層なものの飲み食い好きだったタチで（私の一番小さな欠点でしてね）、あんなやつと親しくするのは嫌でたまらなかったんですが、ついそいつと何回も一緒に食事してしまったんです。それで食事に付き合わせてもらったお礼として、私と一緒に脱走しないかと持ちかけたのですよ……。

ある些細なやつが……私によくしてくれたんですがね。手筈を整えてくれたんです……。いや誰も危険に晒すつもりはありませんよ。トマソはそれを断りました、私にちゃんとうまくいくことを言いました、バリッチニ弁護士が裁判官全員に話をつけててくれて、雪の如く真っ白に潔白な身として牢獄から出ていけ、しかもポケットにはたんまりと金が入ってねと仰いました。そして私はといえば、私としても外の空気を吸いたかったのです。以上【Dixi】」

「この男の言っていることは全てでっち上げです」とオルランデュチオは確固とした口調で繰り返した。もし自分たちが四方を見渡せる平原にいて各々銃を手にしていたなら、こんな好き放題に言わせやしませんよ」

「馬鹿なこと言うなよ！」とブランドラキオは大声で言った。「司祭と張り合おうとするな」

「私を出してくれるのですか、デルラ・レビアさん？」と知事が我慢がならぬ様子で足踏みをした。

「サヴェリア！サヴェリア！ドアを開けろ、一体何事だ！」とオルソは叫んだ。

「少し待つんだ」とブランドラキオは言った。「まず俺たちがここからずらからないといけない。知事さん、共通の友人と出会った時は、別れる際に三十分の休戦を許すのがここの慣習なのですよ」

知事は軽蔑を込めた眼差しを投げつけた。

「皆様方の下僕でございます」とブランドラキオは腕を水平に伸ばして犬に向かって言った。

「ほらブリュスコ、知事殿のために飛んでみせろ！」

　その犬は飛び跳ねて、二人のお尋ね者はすぐさまキッチンにあった自分たちの武器の銃を取って、庭を通って逃げていった。そして鋭い口笛を吹くと、まるで魔法が起きたように広間のドアが開いた。

「バリッチ二さん」とオルソは怒りをなんとか抑えて言った。「私はあなたを偽造者と看做します。今日からすぐに、検事に対して偽造並びにビアンキとの共犯に関し訴訟を提起します。おそらくあなたに対してさらにもっと悍ましい訴訟を提起しないといけないでしょうね」

「そういうのだったらデルラ・レビア氏、私としてもあなたに罠に嵌められたこととお尋ね者たちとの共犯について訴訟を提起することになりますね。その間、知事殿は君の身柄を憲兵隊に引き渡すだろうな」

「知事は知事としてやるべきことを果たすでしょう」と知事は厳しい口調で言った。「ピエトラネーラの秩序を乱さぬように注意を払い、正義が執行されることに厳格な注意を払います。私はあなた方全員に話しているのですよ、よろしいか」

　村長とヴィンチェンテルロは既に広間におらず、オルランデュチオも身を退こうと彼らのあとをついて行こうとしたところ、オルソは彼に小さい声で言った。

「君のお父さんはビンタ一つでひっくり返すことのできる老人だ。俺の相手は君だ、そして君の弟だ」

それに応じる形で、オルランデュチオは自分の短剣を取り出し、オルソに対して飛びかかった。だが、自分の腕を揮うよりも前にコロンバが彼の腕を掴んで力任せに捻じ上げた。そしてオルソは相手の顔面をぶん殴り、それで相手は数歩後退りしてドアの額縁に勢いよくぶつかった。短剣がオルランデュチオの手から溢れたがヴィンチャンテルロは自分の短剣を持ったまま広間へと引き返してきた。同時にコロンバは銃へと飛びついて握り、お前たちの形勢は不利だということを示した。さらにその時、知事が争っている両陣営の間に飛び出てきた。

「また後でだ、オル・サントン」とオルランデュチオは叫び、凄まじい勢いで広間のドアを開けた。撤退するための時間を稼ぐためにそのドアに鍵をかけた。

オルソと知事は十五分間無言のまま、部屋の端でじっとしたままでいた。コロンバは勝ち誇った傲慢な様子を額に浮かべて、勝利を決定した銃に身を持たせたまま交互に二人の様子を見ていた。

「なんて国だ！とんでもない国だ！」と知事はやがて叫び、猛然と立ち上がった。「デルラ・レビア殿、あなたは過ちを犯した。私はあなたにあらゆる暴力を差し控え、この忌まわしい出来事に判断が下されるまで待っていただくことを約束願います」

「ええ、知事殿。あの卑劣なやつを殴ったのは誤りでした。ですが、殴ったことには変わらず、あいつが私に与えてくれた満足を拒絶することは出来ません」

「何だと！いや、あの男は君と決闘することを望んでいるのではない……！だがあの男があなたに襲いかかってきたら……。そうした場合全てあなたの自業自得となるのですよ」

「私たちも用心します」とコロンバは言った。

「オルランデュキオは骨のあるやつでして、あいつなら頼りになると考えています知事殿」とオルソは言った。「あいつは自分の短剣を素早く引き抜いたのですが、私が彼の立場にあったら同じくらい素早く引き抜けたでしょうね。それに妹がお嬢様らしい腕力を持ってなかったことも嬉しく思います」

「決闘はしてはならぬ！決闘しないことをあなたに命ずる！」と知事は叫んだ。「無礼を承知で申し上げますが、こと名誉に関しては私は自分の良心以外いかなる権威も認めません」

「決闘をしてはならんと言っておるのだ！」

「あなたは私を逮捕することはできるでしょう……。私がそうするのを許せば、ですが。でも譬え私を捕らえたとしても、あなたは現在のもはや取り消し出来ぬようになったこの争いを先延ばしでできるだけでしょう。知事殿、あなたも栄誉と関わりのある人間で、決闘以外で決着をつける術はないということをよくご存知でしょう」

「もし兄を逮捕するようなことがあれば」とコロンバはつけ加えた。「村の住民の半分は兄の味方につくでしょう、そしてその際の銃撃戦は実に見応えあるものでしょうね」

「あらかじめ忠告しますよ、知事殿」とオルソは言った。「そして私が決して無理して強がっているわけではないことを理解していただきたい。もしバリッチニ氏が自分の村長としての権限を濫用して私を逮捕しようとすれば私は防衛手段に出ることを述べておきます」

「本日よりバリッチ二氏の村長として権限は停止されることとなる……」と知事は言った。

「向こうは自分の正当性を証拠立てるでしょうが、私としてもそれを望みます……。いいですかオルソさん、私もこの件について無関係ではありません。私があなたに頼むことはほんのわずかだ。私がコルトに戻るまで事を荒だてず家にいてください。私が不在なのは三日だけです。検事を連れて戻ってくるので、その時はこの悲しい出来事に完全に始末をつけるとしましょう。どうかその時まであらゆる敵意を行使するのを差し控えることを約束していただけませんか?」

「約束することは出来ません知事殿、というのももし私が見込んでいる通りオルランデュチオが私に決闘を申し込んできた時は応じないといけないのですから」

「なんだって!デルラ・レビアさん、あなたが、フランスの軍人であるあなたが、偽造の疑いがある男と決闘をしようとするつもりなのか?」

「私はあいつを殴ったのです、知事殿」

「だが、あなたが囚人を殴ったとして、それに相手が応じてきたらその人物と戦闘するというのですか?いいですか、オルソさん!よろしい、ではもっとあなたへの要求を少なくしましょう。オルランデュチオの後を追わないでいただきたい……。向こうからあなたに決闘を申し込んできた場合ならそれに応じるのをよしとしましょう」

「あいつは申し込んでくるでしょうよ、それは間違いない、でもあいつに更なる平手打ちを食らわせて決闘に至るようなことはしないことは約束します」

「全くなんて国だ！一体いつになったらフランスに帰れるんだ？」と知事は大股で歩き回った。

「知事さん」とコロンバはできるだけ優しい声で言った。「もう大分長くここにいましたので、よろしければここで昼食を摂りませんか？」

知事は笑わずにはいられなかった。

「ずっと長い間ここにいたよ……。不公平とも思えますからね……。そしてこの忌々しい石……！私は行かないといけないのだ……。デルラ・レビアお嬢さん……。随分とまたたくさんの不幸を今日用意してくれたもんですな！」

「知事殿、少なくとも私の妹の信念はとても真剣な物であることは認めて信じて下さることでしょう。そして今となっては、それも相応の根拠がある物だということを信じてくださることを確信しております」

「それではこれにて失礼」と知事はオルソに手で会釈をした。「これからは憲兵隊の隊長にあなた方の行動一挙一動監視するように命ずることを、この場で伝えておきますよ」

知事が出ていくとコロンバは言った。

「オルソ、あなたの今いる場所はヨーロッパ大陸ではないのですよ。オルランデュチオは兄さんのいう決闘なんてなんのことかわからないし、大体あんな卑劣な奴が勇敢な死に方をするなんてそんなことあるもんですか」

「なあコロンバ、お前は強い女だよ。短剣の大した一撃から俺を助けてくれたことは大いに感謝しているよ。お前の小さな手をキスするために差し出してくれ。だがいいか、事は俺に任せるんだ。お前にはわからないことがあるんだ。昼食を用意してくれ。そして知事が立ったらすぐにキリナの奴を俺のところへと呼んでくれ。あの子は与えられた務めを素晴らしく遂行する人のように思えるからね。手紙の伝達係として彼女が必要だ」

コロンバが昼食の準備を監督している間に、オルソは部屋へと戻り次の内容の手紙を認めた。

「そちらが私との決闘を強く望んでいることは承知している。私も同様である。翌朝、アクゥヴィヴァの谷で六時に会うこととしよう。私はピストルの扱いにとても長けているが、これを武器として使用することは提案しない。そちらは銃の射撃にとても長けていると聞く。互いに銃を二発撃つというのはどうだろうか。私はこの村の男を介添人として一人連れてくる。もしそちらの兄弟も連れてくるというのであれば、介添人として別の人を連れてくるようにし、それを予め私に伝えてほしい。その場合に限り、私は介添人を二人同行させるものとする。

オルソ・アントニオ・デルラ・レビア」

知事は村長の助手の所に一時間ほどいて、バリッチニ家に数分間ほど入った後、憲兵一人だけの護衛の下でコルトへと出発した。そして十五分後、先ほど記した内容の手紙がキリナの手でオルランデュチオへと渡された。

その手紙の返事は中々返ってこず、ようやく夜になって返ってきた。そこには父の方のバリッチニ氏の署名があり、自分の息子に宛てた脅迫文は検事の方へと付託する旨が書かれていた。「我が強き信念の下、そちらの私への讒言が正義の下で鉄槌が下されることを願う」という内容が付け加えられて手紙が締め括られていた。

そうこうしている間、コロンバの命を受けた五、六人の羊飼いたちがデルラ・レビアの塔を防衛するために集まってきた。オルソはそれに反対したけれども、広場に面していた窓にはあのアルシェールが設置されていた。そして一晩中、オルソは村の色々な人たちからお役に立ちたいという申し出を受けた。あのお尋ね者の神学生からも手紙が一通きて、自分とブランドラキオの名の下に、村長の奴が憲兵隊の手を借りることがあれば自分たちも助けに参ろうということを約束していた。そして次の後書きにより手紙は結ばれていた。

「私の友人が犬のブルスコに与えた素晴らしい教育について知事さんがどう考えているのか、訊いてもよろしいですかな。キリナを除き、これほど素直で優れた素質を見せるものは知らない」

十六

翌日は何も争いめいたものはなく過ぎたが、双方ともいつでも防衛を構えられるように準備していた。オルソは家から出ることはなく、バリッチニ家のドアはずっと閉ざされたままにあった。警戒のためにピエトラネーラに残った五人の憲兵たちが町の警察の唯一の代表者である農村保安官の助けの下で広場や村の近辺を歩いているのが見られた。助役は自分の綬を外すことはなかった。だが双方敵同士の家の窓に設置されているアルシェールを除いては、戦を告げるものはなかった。コルシカで生まれ育った者だけが、広場の槲の木の周りには女しかいないことに気づいただろう。

夕食の時に、コロンバは兄に嬉しそうな様子でミス・ネヴィルから受け取った次の手紙を見せるのであった。

「愛しいコロンバお嬢様。あなたのお兄さんの手紙からあなたたちの敵対関係は終わりを告げたことを嬉しく思い、そのお祝いの言葉を伝えます。私の父は一緒に戦の話をしたり狩りをするあなたのお兄さんがもういなくなったから、アジャクシオの退屈さに限界がきている状態です。今日ここを出発し、あなた方の親戚のところに泊まる予定です。というのもその方たちが手紙を寄越してくれたのですからね。明後日の十一時ごろ、そちらに伺い山にあるブルッチオを食べさせてくれればと思います。あなたが仰るには町にあるのよりもとても美味しいとのことでしたからね。それでは、愛しのコロンバお嬢様

あなたの友人、リディア・ネヴィル」

「じゃあ彼女は俺の二通目の手紙は受け取らなかったのか?」とオルソは大声で言った。

「ほら、ここに書いてある日付を見ればリディアさんは二通目の手紙がアジャクシオについた頃にはもう出発していたのでしょうね。じゃあここに来るなって伝えようとしたの?」

「ここは戒厳状態にあるということをそこに書いたんだ。どうにも、客人を迎えるような状況じゃないからな」

「そんなこと!あのイギリス人たちはとても変わった人たちですからね。私が彼女の部屋で過ごした最後の夜に、素敵な復讐《ヴェンデッタ》を見ずしてコルシカを立ち去るなんて残念だと言ってましたからね。もしオルソ兄さんがその気になれば、敵の一家に兄さんが突撃していく場面を見せる

こともできるんじゃないの？」

「いいかい、自然がお前を女として造ったのは大した過失じゃないかいコロンバ？男だったら素晴らしい軍人として仕上がっていたはずなんだがな」

「そうかもね。ともかくブルッチオをこれから料理にしに行くわ」

「無駄だよ。誰かを使いに遣って、あいつらが出発する前に止める必要がある」

「本当？こんな天気に手紙の使いを贈ろうとするなんて、強い雨で兄さんの手紙が飛んでっちゃいますよ……。こんな嵐の中で逃げているお尋ね者たちが可愛そう！でも運よく彼らは上質なピローニ[18]を持ってますからね……。こうしたらどうです、兄さん？嵐が止んだら、明日朝一で出発して、彼らが出発する前に親戚の家の方に着くようにするというのはどう？それなら事は簡単に済むでしょうね。リディアさんはいつも遅くまで寝ているんだから。私たちに今何が起きているのか、そこで話して聞かせるのですよ。それでも来るのをやめないというのなら、喜んで迎えることにしましょうよ」

オルソはこの提案にすぐに賛成の意を示し、コロンバはしばらく黙っていたが、こう言葉を続けた。

「多分ですよ、兄さん。私がバリッチニ家へと突撃することを話している時私が冗談だと思っていたでしょう。私たちの方が優位にあるのですよ、少なくとも一の相手に私たちは二ですからね。知事が村長としての権限を停止してからというもの、ここの住民たちは全員私たちの味方になりました。奴らを引き裂いてやることもできます。事を開始させることは容易いことです。もし兄さんが望むのなら、私が泉の方に行ってあいつらの女たちを馬鹿にしてもいいですよ。そうすれば出てきますよ……。そうよ……、だってあいつらは卑劣な奴らなんだから！もしかするとアルシェールを私に向けて撃って来るかもしれません。でもそれは外れるでしょうね。そうなると攻撃してきたのはあいつらだってことになるわね。負けた人間の方はどう騒いだってなんにもならないのですよ。誰の弾が当たったかなんて判断できるわけないじゃない？オルソ、自分の妹を信じてください。黒い服を来た人たちが紙を書き汚して、無駄な事をあーだこーだと言ってくるでしょうね。まあ無駄なことですよ。老いた狐があいつらをこっぴどい目にあわせてやるための手段を見つけるだけですよ。全く！知事がヴィンチェンテルロの前に立たなければ、一人はやっつけられたんだけど」

これらの言葉は全て、ブルッチオの支度のために先ほど言葉を発した時と同じ冷静さで言ったのである。

オルソは呆然として、妹を恐怖も混じった感嘆の眼差しをじっと向けた。

「なあかわいいコロンバ」と食卓から立ち上がりつつ言った。「どうもお前は人間の姿をした悪魔かと思えてしまうんだ。でも心配はいらないさ。俺がバリッチニの奴らを絞首台に連れる

18　原注：pilone：とても厚い毛織物で織られたがフード付きのコート。

ことが出来なくとも、他の手段で奴らを片づけるつもりだ。熱い弾か冷たい刃かってことさ[19]！俺だってこの通りコルシカ語を忘れていないだろう？」

「早い方がいいでしょうね」とコロンバはため息をついた。「あなたは明日どの馬に乗る予定、オル・サントン？」

「黒いやつだな。どうしてそんなこと聞くんだ？」

「大麦を食べさせておくためにですよ」

オルソは部屋に戻り、コロンバはサヴェリアや羊飼いたちにもう寝るように向こうへとやらせ、ブルッチオを用意していたキッチンで一人残っていた。時々彼女は耳を澄ませ、兄が寝るのを待ち望んでいるかのようだった。ついに彼が眠りに入ったと判断したら、短刀をとってそれが十分に鋭利であることを確かめ、その小さな足を大きな靴に入れ込み、ほんの僅かな音を立てることもなく庭の方へと歩いていった。

塀に囲まれている庭は、相応に広い別の地面と繋がっていた。そこの地面は垣根によって囲まれていて、馬を置いておく場所とされている。というのもコルシカの馬は厩とはほとんど無縁だからである。大抵馬は野放しにされ、食糧を見つけたり寒さや雨を凌いだりすることは馬の知恵に任せて放置される。

コロンバは庭の扉を同じような用心深さで開けて囲いの中に入っていった。そしてそっと口笛を吹いて自分のそばに馬たちを呼び寄せた。このように頻繁に彼女たちは馬たちにパンと塩を運んできてやった。黒い馬が自分の手が届くくらいの所まできたら、馬のたてがみを強く掴んで、持ってきた短刀で馬の耳を切り裂いた。黒い馬は凄まじい勢いで跳ねて、このような類の動物が激しい痛みを感じたときに度々起こすような鋭い鳴き声を上げた。コロンバは満足し庭の方へと戻ったが、その時オルソは窓を開いて大声を出した。

「誰だ？」

同時にコロンバは兄の銃を装填する音が聞こえてきた。彼女にとって幸いなことに、庭の扉は全き闇にあり、さらにイチジクの木に部分的に隠れる形にあった。すると兄の部屋から光が断続的についたり消えたりするのを見て、彼がランプにもう一度火を灯そうとしているのだとコロンバは判断した。それで彼女は急いで庭のドアを閉めて、壁に沿って着ていた黒の衣装が樹檣の暗い葉と重なるように身を忍ばせつつ、キッチンにオルソが姿を現す少し前にコロンバは到着したのである。

「何かあったの？」と彼女は訊いた。

「どうやら、誰かが庭の戸を開けたみたいだ」

「あるわけないじゃない。誰かが開けたら犬が吠えるはずなんだから。まあともかく、見に行きましょう」

19　原注：Palla calda u farru freddu：非常によく使われる言い回し。

オルソは庭を一周して、外側のドアが堅く閉まっていることを確かめたら、自分の早とちりな警戒心に少し恥つつ部屋に戻ろうとした。

「兄さんが用心深くなってくれたのを見るのはとても嬉しいことですよ、その立場ならそれくらいの姿勢でないといけないから」

「お前の教えのおかげでな、じゃあおやすみ」夜明けと共にオルソは起きて、出発する準備をした。オルソの服装は気に入られたい異性の前で姿を見せる事を意識した洗練さを気取ったものと、復讐《ヴェンデッタ》を成さんとするコルシカ人的な用心深さを兼ね備えたものであった。自分の体格にきっちりあった青い上着の上に、緑の絹紐で弾を入れたブリキの小さな箱を肩から斜めに吊るしていた。彼の短剣は脇のポケットの中に入っていて、マントン製で弾が装填された立派な銃を手に抱えていた。コロンバが注いでくれた一杯のコーヒーを急いで飲んでいる間、一人の羊飼いが馬に鞍を設え、轡をはめるために出ていった。オルソと妹は彼のすぐ後に続いていって、囲いへと入っていた。羊飼いは馬を素早く捉えたが、鞍も轡も落として恐怖に囚われたような様子をしていた。その間、馬は昨夜の切り傷のことを思い出し、もう片方の耳も切り裂かれるのではないかと怯えたようで、後ろ足で立ったり蹴ったり、嘶いたりして、暴れ回った。

「おい、さっさと抑えろ」とオルソは羊飼いに言った。

「ああ！オル・サントン！ええ！オル・サントン！こいつはすげぇや」等々と羊飼いは叫んだ。

いつまでも延々と続く呪いの言葉が発せられ、その大部分はとても翻訳してここに記してもいいようなものではない。

「一体なんだっていうの？」とコロンバは訊いた。

皆が馬に近寄ってきて、その馬が血まみれになって耳が裂かれているのを見て、全員が驚きと憤怒の叫びを上げた。敵方の馬に傷をつけるということはコルシカ人にとって復讐であり、挑戦であり、殺害の脅迫であることは知っておく必要がある。

「この背徳行為を取り消すには銃をぶっ放すしかない」

オルソとしても、確かに彼は大陸の方で長い間暮らしていてこの侮辱の程度の甚だしさについては他のコルシカ人よりは感じとることが少なかったが、それでもバリッチニ派のものが誰かこの瞬間に面前に姿を現したなら、敵の仕業だと思っていたこの侮辱を償わせるために即座に行動に出たに違いない。

「卑劣な悪党どもが！面前と戦えないからといってやり返してこない動物に復讐しようなんてな！」

「もう待つ必要はありまして？」とコロンバは激しい勢いで叫んだ。私たちの馬を傷つけて挑発しにきたのは向こうの方です、それなのに私たちは何もそれに応えないなんて！あなたたちはそれでも男なの？」

「復讐だ！」と羊飼いたちは言った。「村中にある馬を連れ回して、あいつらの家へと突撃させるんだ！」

「向こうの塔のすぐそばに藁葺きの納屋がある」と老いたポロ・グリフォは言った。「すぐにあれを燃やしに行ってくる」

別の人が教会の鐘楼の梯子を探してとってくると言った。別の三人目が、建築中である建物のために広場に置いてある梁材を使ってバリッチニ家のドアをぶち破ると述べた。こうしたいきり立った声が響いている中、コロンバが手下たちに各々が仕事に取り掛かる前に大きなコップに入れたアニス酒を一杯渡すという声が一際大きく聞こえてきた。

不幸にして、いやむしろ幸運にもというべきか、哀れな馬にコロンバが行った残虐行為がもたらす影響は、オルソに対してはその大部分甲斐のないものだった。馬への野蛮な傷害行為は敵の一人がやったものだとは信じて疑わず、オルランデュキオがやったものだと特に彼は疑いを向けていた。だが自分に挑発され殴られたその若い男が、馬の耳を裂いたことにより己の侮辱を払拭できたとは考えていなかった。むしろ逆に、この卑怯で滑稽でもある復讐行為は、敵への軽蔑の念を強める結果となり、知事と同様に彼らは別にわざわざ張り合う価値もない奴らだと考え始めた。騒ぎが鎮まり自分の声が聞こえるようになるや否や、唖然としていた味方たちに戦うという意向は断念し、いずれやってくる役人の者たちが馬の耳について十分に復讐してくれると叫んだ。

「ここの主人は俺だ」と強い口調で付け加えた。「そして俺の言う事には従わねばなるまい。

もし殺すだの火を放つだのといった言葉をあげるものがいたら、そいつこそすぐに燃やしてやる。さあ！灰色の馬に鞍をつけるんだ」

「何ですってオルソ」とコロンバは脇に連れて言った。「あいつらが私たちを侮辱したのに黙っているって言うの！父さんが生きている間では、バリッチニの奴らは私たちの動物を一匹たりとも傷つけることなんて決してありませんでした」

「あいつらがこのことを後悔する時がくることは保証しよう。だが獣にしか攻撃する勇気のない哀れな奴らの処罰など、憲兵や牢番に任せておけばいいんだ。政府のやつらがあいつらを罰してくれるってお前に言ったじゃないか……。そうでなかったら……俺が誰の息子なのか思い起こさせる必要はないじゃないか……」

「ちょっと！」とコロンバはため息をついた。

「よく覚えておいてくれよ、コロンバ」とオルソは続けた。「俺が戻ってきてバリッチニたちに何かしらの実力行使が行われることがわかったら、そいつを許さない」。更に声を上げて続けた。

「俺が大佐とその娘を連れてここに戻ってくることは十分にあり得る、というより十中八九そうだろう。それで彼らのための部屋を整理整頓しておいて、昼食をしっかりとり、できる限り客人たちが快適に過ごせられるようにしておいてくれ。勇気を持つというのは確かい立派なことだよ、コロンバ。でも女は家を切り盛りする術を知っておかねばならん。わかったらキスをしてくれ。そして賢明であってくれ。ほら、灰の馬の鞍の用意ができた」

「兄さん、一人で行っては駄目」

「誰も同行させる必要はないよ、俺の耳をむざむざと切られたりするもんか」

「駄目！こんな戦いの時に一人で行かせるなんて絶対に駄目！おーい！ポロ・グリフォ！ジャン・フランチェ！メンモ！銃を用意して！兄さんに同行するのよ」

随分と激しい口論が行われた後、オルソは護衛を同行させることを承諾せざるを得なかった。彼は最も血気盛んな羊飼いたちの中でも、特に戦を仕掛けることを声高に説いていた人物を選んだ。そして妹と彼女と居残る羊飼いたちに命令を改めて出して、出発した。今回はバリッチ二家を避けるようにして迂回した。

すでに一同はピエトラネーラから遠く離れていて速い速度で進んでいた。沼地の中に埋没している小川を通ろうとした時、老人ポロ・グリフォは多数の豚たちが快適そうに泥で寝転んでいて、太陽の光と水の瑞々しさを同時に味わっていた。すぐに最も大きい豚に狙いを定めて、その頭に銃をぶっ放して即座に殺した。死んだ豚の仲間は身を起こし、驚くほどの身軽さで逃げ出した。今度は別の羊飼いが銃を放ったが、茂みの裏に無事に逃げ切ることができた。

「馬鹿が！」とオルソは叫んだ。「豚を猪と間違えるなんてな」

「違いますよ、オル・サントン」とポロ・グリフォは答えた。「あの群れは弁護士のやつのものでしてな、俺たちの馬を傷つけたその意味をあいつに教えてやったまでさ」

「なんだと、クソが！」とオルソは怒りで興奮していた。「俺たちの敵のやり方を真似るというのか！すぐに戻れ、お前など必要ない。お前たちは豚を相手に戦うのがお似合いだ。もし俺の後をついてくるっていうなら、お前らの頭を叩き割ってやる！」

二人の羊飼いは唖然として互いを見た。オルソは馬に叩いて、駆け足で去っていった。

「おいおい、こりゃ大したもんだ」とポロ・グリフォは言った。「好意を尽くした結果がこの扱いか！彼の父の大佐は、弁護士の頬を一度殴り倒して怒ってしまい……。ぶっ放さなかったってのは大馬鹿だな……！そして大佐の息子は……俺があいつにしたことはお前も見てただろ……。俺の頭を叩き割るって言って、まるで葡萄酒が入らなくなった瓶のように。大陸で学ぶことと言えばこんなもんさ、なあメンモ！」

「そうさ、それにお前があの豚を殺したことが知られれば、お前は裁判沙汰だろうな、それにオル・サントンは裁判官に話をつけてくれないし、かといって弁護士に払ってくれるわけでもねぇ。まあ幸い誰も見てなかったし、聖ネガ様がなんとかしてくれるさ」

少しの間話し合ったら、二人の羊飼いは最も賢明な方法は殺した豚をぬかるみへと放り投げることだと結論づけて、当然ながらデルラ・レビア家とバリッチニ家双方の憎しみによるその罪なき犠牲者から焼いた肉を幾分か各々頂いてから、この計画は実行に移された。

十七

規律を守らぬ護衛たちを遠退かせてから、オルソは歩きを再開した。敵と遭遇することへの不安よりもミス・ネヴィルと再会できる喜びの方が彼の心を占めていた。

「あの卑劣なバリッチニの奴らを相手に訴訟をおこす時、バスティアへと足を運ぶ必要があるな」とオルソは心の中で言った。「その際ミス・ネヴィルを連れてはいけない理由なんてあるだろうか？バスティアからオレッツァの温泉に一緒にいても問題ないよな？」

突然子供の頃の記憶が、その場所の絵画のような光景をありありと脳裏に浮かばせた。自分が古くからある栗の木の根元にある緑の芝生の上に運ばれていくような気がした。艶のある草の芝生に青色の花が散らばっているが、それが自分に向かって微笑んでいるようで自分の傍にリディア嬢が座っている姿が浮かんでくるのであった。彼女は帽子を脱ぎ、絹よりも細くて柔らかいその金髪は葉を射抜く太陽の金色の光の如く輝いていた。彼女は混じり気なき碧眼をしていて、それは蒼穹の空よりも青く見えるのであった。片手で頬を支え、オルソが震えながら語りかけてくる愛の言葉を彼女は沈思しながら聞いていた。彼女はオルソがアジャクシオで一緒にいた最後の日に彼女が着ていたムスリンの衣装を身につけていた。その衣装の襞の下から、黒繻子の靴から小さな足を覗かせていた。オルソはその足にキスすることができたらどれほど幸福かと内心思った。だがリディア嬢の片方の手は手袋がつけられておらず、そして雛菊を手にしていた。オルソはその雛菊をとり、リディアの手を自分の手で握りしめた。そして雛菊に、次にその手に口づけをしたが、それに腹を立てることもない……。こういった考えに沈んでいて自分が歩いている途上への注意を怠っていたが、それでも馬を前に進んで行った。もう一度空想の中のミス・ネヴィルの白い手にキスをしようとした時、突然足を停めた馬の頭に本当にキスをするのではないかと彼は思ってしまった。道を妨げていたのは小さなキリナであり彼女は轡を握っていた。

「どこに行かれるつもりですか、オル・サントン様?あなたの敵がこの近辺にいることをご存知ないのですか?」

「俺の敵だって!」ととても楽しい時間を邪魔されて怒ったオルソは大声を上げた。「どこにいるんだ?」

「オルランデュキオがこの辺にいるのです。あいつがあなたを待ち伏せしているのです。戻って、戻ってください」

「何!あいつが待ち伏せしているだと、それをお前は見たのか?」

「ええ、オル・サントン様、シダで私が寝ている時あいつが通り過ぎていったのです。望遠鏡を取り出してあちこち念入りに見回していました」

「あいつはどっちに向かった？」

「そっちへと降りて行きました、サントン様が向かっていた方へ」

「そうか、ありがとう」

「オル・サントン様、私のおじの車で待ってはどうですか？もうすぐに来て、そうすれば安全に道を進められますが」

「恐れる必要はない。キリ、お前のおじがいなくても大丈夫だ」

「もしよろしければ、サントン様が私の後ろに続くように歩いて行ってもいいですが」

「大丈夫だ、気にする必要はない」

そしてオルソは馬を急き立てると、小さな娘が先ほど示した方角へと駆け足で向かっていった。

彼が最初に感じたことは盲目的なほどに激しい憤激であった。そして自分の平手打ちの報いとして馬が一頭傷害を食らった卑怯者をやっつけることができるという申し分ない機会を運命が与えてくれたのだ、と内心思った。そして進んでいる間中、知事とした約束や特にミス・ネヴィルの訪問が無理になることを恐れたため、オルソは気持ちを改めてオルランデュキオとは決闘したくないといほとんど望むようになった。すると父の記憶、馬に対する屈辱的な攻撃、バリッチニ家の脅迫、こういったことが彼の怒りを再度沸き起こさせ、敵を見つけては挑発し

十七

決闘しなければならぬという血肉が湧き踊った。こうした正反対の決心に揺り動かされながらも歩を進めていくことはやめなかった。だが今では、注意を澄まして茂みや垣根を入念に見て、時には歩みを止めて平原から聞こえてくる朧気な音に耳を澄ましたりもした。小さなキリナと別れてから十分後（時刻は大体朝の九時であった）、勾配がとても険しい丘の端についた。その道、というよりむしろなんとか小道を成している箇所をオルソは辿っていき、そして最近焼かれたマキを通っていった。この場所は、地面は白みがかった灰が一面に覆われていて、あちこちが低木や大きな木が火によって黒く焼けていて、生えていた葉もすっかりなくなってしまっていたが、それらの木は生命力が枯れ果てながらもなんとか立っている状態にあった。焼かれたマキを見ていると、その人は冬の真っ只中の北方の地の光景へと運ばれてきたような気がして、炎が広がり尽くしたこの場所と周囲の豊穣な緑との対比が、その光景をより悲しく荒涼たるものとしている。だがこの風景の中、オルソが目を向けていたのはただ一つのことであり、確かにその位置にいる以上はとても重要なことだった。その辺りの地面に草等は全く生えておらずそれゆえに待ち伏せをすることができない。茂みから銃の弾が自分の胸に向けられて、撃たれるのではないかと毎秒ごとに気を張り詰めなければならない者にとっては、この視野を遮るものがない不毛な場所はオアシスのように思えるのである。焼かれたマキに繋がる形で耕されている多数の畑があり、コルシカの慣習として手すりほどの高さを有する無味乾燥な石の塀によって囲まれていた。オルソが辿っていた小道はその囲いの間を通っていき、乱雑に植えられた大きな栗の木が遠くから見ると繋った森のような外観を呈していた。

坂の勾配が急であることにより徒歩でしか進んでいくしかなかったオルソは、手綱を馬の首にかけておいたまま灰の上を滑るようにしながら馬から素早く降りた。そして道の右手の石の囲いからわずか二十五歩くらいのところまで来た時、自分の正面の塀の上部に銃身が、そして人間の頭が動いているのを見た。その銃は下ろされ、オルランデュキオが銃を放とうしているのを認めた。オルソはすぐに防御態勢に入り、二人とも身を屈めながら銃を構え、殺すか殺されるかの瀬戸際においてどんな勇敢な人間でも感じるあの刺激に満ちた感情を抱きつつ互いに数秒睨み合った。

「くそが、卑怯者め！」とオルソは叫んだ……。

その言葉が終わらない内に、オルランデュキオは銃を撃ち放った。同時にもう一発が左側から、つまり小道の反対側から放たれた。それはオルソが気づかなかった男が放ったもので、もう片方の塀の後ろから狙いをつけていたものであった。弾丸は二発ともオルソに命中した。オルランデュキオが放った方はオルソが伏せて構えていた方の左腕を貫通し、もう片方は彼の衣服を貫き胸部にあたった。だが幸い彼の短剣の刃に当たり、平らになり軽い打ち傷しかもたらさなかった。オルソの左手は腿に沿う形でだらりと垂れて、構えていた銃身も一瞬下がった。だがすぐにその銃身を再度上げて、その武器を右手だけで向け、オルランデュキオに向けて放った。相手の目までしか見えてなかったその頭は塀の後ろに隠れた。オルソは左の方を向いて、煙に包まれていたほとんど姿を見分けることができなかった相手に二発目を放った。今度はその男の姿も見えなくなった。四発の発砲が信じられないくらいの速さで続いたのである。訓練された兵士ですらこれほどの短い間隔で連続して射撃を行うことは決してない。オルソの二発の射撃の後は、辺り一帯無音となった。彼の銃から漂った煙はゆっくりと空の方へと昇って行った。塀の後ろにはいかなる動きもなく、ほんの僅かな物音もない。腕にあった痛みの感覚がなければ、先ほど自分が撃った相手は自分の空想が創り出した幽霊ではないかと思ってしまうくらいだった。

二回目の射撃を予期して、オルソはマキの焼かれながらも立ち残っていた木の後ろに身を隠すために数歩歩いた。その木の背後で、膝の間に銃をおき急いで弾を再装填した。だがその左腕は激痛を引き起こしていて、あまりに重い鉛を持ち支えているようなそんな感覚にあった。敵たちはどうなったのか?彼にはわからなかった。もし逃げたというのなら、あるいは負傷したというのなら、葉の茂みから何かしらの物音が聞こえてきたはずなのは間違いなかった。あいつらは死んだのか、それともむしろ塀の後ろに身を隠し新たな一発を自分にかますために待ち伏せしているのだろうか。こうした不確かさの中、自分の力が弱まっていくのが感じられて右の膝を地面につかせ、左の方の膝に負傷した自分の腕をおき焼かれた木から伸びていた枝を駆使して銃を支えた。指を銃の引き金にかけて、目は塀の方にじっと向けていた。どんなにかすかな物音も逃さぬように耳を澄まし、数分間じっとその場を微動だにしなかった。その数分間は彼にしてみれば一世紀の長さに感じられた。ついに、遠く後ろの方から叫び声が聞こえてきた。そして犬が矢の如き速さで丘を降りてきて、尻尾を揺らしながらオルソの傍にとまった。ブルスコだった。あのお尋ね者たちの弟子であり同伴者であるその犬がここにやってきたということは、その主人が後で必ずここに来ることを告げていた。誠実な人間の到着がこれほど待ち望まれていたことはなかった。犬は鼻面を上へと向けて、一番近くにあった囲いの方へと振り向いて、心配した様子で匂いを嗅いだ。突然鈍い唸り声を出したかと思うと、壁を一回の跳躍で飛び越えた。そしてもう一度そのてっぺんに昇ったかと思うと、オルソにじっと目を注いだ。その目は犬としてこれ以上ないくらいの驚きの色を明瞭に発していた。そして鼻をもう一度嗅ぐように前に出したが、今度は別の囲いの方へと向かい、壁をやはり跳躍した。ほんの少ししたらまたもやてっぺんに姿を現し、先ほどと同じ驚きと不安の様子を表していた。そしてマキの方へと跳んでいき、尻尾を足に挟んで、ずっと目をオルソに向けたままゆっくりした足取りで斜めに進むようにある程度の距離まで遠ざかっていった。それから再び駆け出して、先ほど降りてきたのと同じスピードで丘を登っていき、坂の勾配にも構わず駆け足でオルソの方に進んでくる男を迎えるのであった。

「来てくれ、ブランド！」と相手まで声が届くと判断したらオルソは大声で言った。

「おお、オル・サントン怪我をしたのか？」とブランドラキオは完全に息を切らしながら近づいてきた。「体か、それとも手足か……？」

「腕だ」

「腕か！じゃあ問題ないな。それで相手の方は？」

「俺の弾が当たったと思うが」

ブランドラキオは犬の後に続く形で、最も近い囲の方へと駆けて行き、反対側の塀に目線を向けるために身を屈めた。すると帽子を脱いでこう言った。

「オルランデュキオ様に幸あれ」

そしてオルソの方へと体を向けて、今度は彼に重々しい様子で敬礼した。

「ちゃんと調理された男ってのはこういうのを言うんですぜ」

「あいつはまだ生きているのか」と苦しそうに息しながらオルソは訊いた。

「ああ、むしろそっちの方がマシだと思うだろうな。旦那の撃った弾がとてもかわいそうに目に当たってしまったんだからな。こいつはひでぇや、なんて穴だ！全く、なんて銃だ！口径も大したもんだ。頭蓋骨がぐちゃぐちゃになってるな！なぁ、オル・サントン。最初に聞こえてきたのはパン、パン、という音でその時こう思ったんですよ。『クソッタレめ、あいつら中尉殿を殺そうとしているな』って。すると今度はバーン！バーン！ってのが聞こえてきた。ああ俺はこれこそがイギリスの銃なんだなって思ったんですよ。撃ち返してるってわけだな……。ところでブルスコ、一体俺に何をして欲しいっていうんだ？」

犬はもう片方の囲いへと先導した。

「失礼！」とブランドラキオは呆然として叫んだ。「一度で二人ってわけかい！何と言えばいいのやら！畜生！使った火薬は随分値の張るもんとみえるな、こんな具合に節約するわけですからな」

「何だ、何だと言うんだ？」とオルソは訊いた。

「何だも何も！ふざけるのはやめましょうや、中尉殿！獲物を地面に叩き投げておいて、他人に拾い集めるようにするなんて……。今日は実におかしなものが余分に得られるってわけさ！弁護士のバリッチニのやつですよ。肉を調達したいってんなら、ここにありますぜ！でもこうなったら誰が代わりになりますかな？」

「なんだって、ヴィンチェンテルロも死んだっていうのか？」

「ええ、見事に死んでますよ。他の仲間にも乾杯だ[20]！中尉殿の素晴らしかったところは、こいつらを苦しませなかったことですな。ヴィンチェンテルロを見にきてくださいよ。まだ膝を地面につけていて頭は塀に寄り添ってます。まるで眠っているようです。『鉛の睡眠』ってのはこういうことを指すんだな。可哀想なやつだ！」

オルソは身が竦んだまま頭を振り向けた。

「あいつが死んだってのは間違いないのか？」

「中尉殿はいつも一発しか撃たなかったサン・ピエロと同じですよ。そこが見えますかい……。胸の方、左側の？ほら、まるでヴィンチレオーネがワーテルローでやられた時のようですよ。賭けてもいいけど、弾は心臓からそんな離れてないな。一度に二人か！ったく！もう射撃については口出ししねぇよ。二発で二人……！弾で……！それで兄弟二人を……！もし三発目があったら親父も殺っていたな……。まあ次の機会に取っとくとしよう……。大した射撃ですよ、オル・サントン……！俺のような勇敢な男だって憲兵の奴らを一度に二人やっつけるなんてとても無理ですからね！」

こういったことを口にしながら、お尋ね者はオルソの腕をまじまじと見て、短剣で袖を切り裂くのであった。

「何でもないですよ。この上着はコロンバ嬢さんにもう一仕事与えるものだな……。おっ！これは一体何だ？胸にあるこのかぎ裂きは……？ここから何にも入っていきませんでしたかい？ないやな、こんなに元気な状態にあるんだから。ほら、指を動かしてみてください……。中尉殿小指を噛みますけどそれが感じられますか……？そんなに感じない……？大したことじゃありませんよ、何でもないです。中尉殿のハンカチとネクタイを取りますよ……。上着の方はもう駄目だな……。どうしてそんなに上等な衣装をしてるんで？婚礼にでも行く予定で……？ほら葡萄酒をちょっとばかしどうぞ……。どうして瓶を持ってないんで？コルシカ人が瓶を持たずに外出するなんてあり得ますかい？」

20　原注：Salute à noi：死という言葉が出た時に通例続いて出て来る感嘆詞。皆を活気づけるために使われる。

そして手当をしている最中に、手を休めて叫んだ。

「一度に二人か！二人とも見事な死にっぷりだ……！司祭が見たら笑うだろうぜ……。一度に二人！ったく！ようやく小さな亀のキリナが来たぜ」

オルソは返事しなかった。死人のように蒼白で、手足を震わせていた。

「キリ」とブランドラキオが叫んだ。「その塀の後ろをよく見てみろよ、なあ？」

手足の力を借りて子供は塀をよじ登って、オルランデュキオの遺体を目にするや十字を切った。

「そんなのなんでもねぇよ」とお尋ね者は続けた。今度はあっちに行ってみてみろよ」

娘はもう一回十字を切った。

「やったのはおじさん？」と彼女は震えた。

「俺が！こんな年寄りの役立たずになった俺が？キリ、その成果は旦那のものだよ。祝いの言葉を述べるんだな」

「お嬢様は喜ばれるでしょう、そしてオル・サントン様が傷を負っているのをみて腹を立てることでしょう」とキリナは言った。

「ほら、オル・サントン」とお尋ね者が手当を終えた後言った。「キリナがお前さんの馬を連れて来ましたぜ。乗って、スタッツォーナのマキへと私と一緒に来てください。あなたがそこに来るための手筈は整っております。できる限りそこで手当をしますよ。俺たちが聖クリスティーヌの十字架の前まで来たら、跪かないといけませんよ。その際馬をキリナに譲ってください、あいつがコロンバお嬢さんに伝えますからね。そしてそこまで行く間にも、何か必要なことがあったらキリナに言ってください。この小さいやつは何だって聞いてくれますよ、オル・サントン。友人を裏切るくらいならズタズタに引き裂かれた方がこいつにとってましでしょうね」。そして口調を和らげて続けた。「おいクソ野郎が、破門されろ。呪われろや、ペテン師が！」

ブランドラキオも多くのお尋ね者たちと同様に縁起を担ぐ性分だったので、子供たちに祝福の言葉や賛辞を呈することで彼らを幻惑させることを恐れた。というのもアントキアトゥラが[21]司っている神秘的な力は自分たちの望みとは正反対のことをもたらすという悪しき習慣があったからである。

「一体どこに行けって言うんだ、ブランド？」とオルソは絶え絶えな声で訊いた。

「言うまでもないでしょうよ！次のどっちかですよ、牢獄かマキかね。でもデルラ・レビアがまさか牢獄に行くなんてあり得ないわけですから、マキに決まってるんですよ、オル・サントン！」

「俺の望みはもう完全におさらばだな！」と負傷者は悩ましげに叫んだ。

21　原注：Annochiatura：目あるいは言葉によって、意志に関わらず行われる呪い。

「あんたの望み？ったく！二発の銃以上に欲しいものなんてあるんですかい……？でもなぁ！何だってまたあいつらの弾もあんたに当たったんでしょうな？あいつら猫よりもしぶとい生き物だったに違いねぇ」

「あいつらが先に撃ったんだよ」とオルソは言った。

「そうに決まっている。忘れてた……。パン！パン！バーン！バーン！……片手で二人[22]……、これ以上のものが欲しいってんなら俺は首を吊ってしまうよ！ほら、これで乗れましたな……。出発する前に、ちょっとばかし自分の業績をよく見てみたらどうです。別れの挨拶もしないで連れから離れるというのは礼儀に悖りますからな」

オルソは馬に拍車を入れた。死に至らしめることになったその哀れな奴らに目を向けることは絶対にしたくなかった。

「いいですか、オル・サントン」とお尋ね者は馬の轡を素早く掴んで言った。「正直なところを言ってもいいですかね？ええ、別にあんたの気分を害するというわけではないんですが、あの可哀想な二人の若者のことを思うと苦しくなってしまうんですよ。すみませんな……、気品はすげぇあるし……、とてもがっしりしてるし……、とても若い……！俺はオルランヂデュキオとは何回も一緒に狩りに出かけたもんですよ……。四日前に葉巻を一箱くれました……。ヴィンチェンテルロはいつも上機嫌だったなぁ……！確かに中尉殿はなすべきことをしました……それにそしてその果たし方はあまりに見事なもんで悔やまれることなんてなんもありゃしませんわ……。でも俺はといえば復讐の対象としては入ってない……。中尉殿にとってももっともなことだというのはわかっております。もし敵がいるってんなら、そいつをやっつけないといけません。でもバリッチニの奴らは、昔からの縁でしたからね……。それもやはり偽りの関係……！それも二発だけで！辛いもんさ」

このようにしてバリッチニへの弔辞の言葉を口にしながら、ブランドラキオは急ぎつつオルソとキリナと犬のブルスコをスタッツォーナのマキの方へと先導していった。

22　原注：もしデルラ・レビア氏の卓越したこの射撃を信じられないとする狩人がいるのなら、サルテーヌに行き、その町の住民の最も優れた立派な人が、一人でしかも負傷した左腕で、この場面と少なくとも同じくらい危険な立場でどのように切り抜けたのか、語ってもらうとよい。

十八

他方、コロンバはオルソが少し出発した後放っていたスパイからバリッチニ家の者が平原で待ち伏せしていることを知り、それから彼女は激しいまでの不安に苛まれた。家中をあちこちウロウロする彼女の姿が見え、キッチンから客人たちの用意していた部屋を彷徨き回り、何もせずに何かに絶えず虜になっている様子で、何回も立ち止まっては村の方に何か不穏な動きがないか目をじっと向けるのであった。十一時ごろに多数の騎馬隊がピエトラネーラの区域に入ってきた。それは大佐とその娘、そして彼らの従僕と案内者であった。彼らを迎えつつコロンバは次の言葉をまず発した。

「兄とは会われていないのですか?」

そして案内者にどの道を辿り、何時に出発したのかを訊いた。それへの返答を鑑みると、兄とは遭遇しなかったことは筋の通らぬことだった。

「多分お兄さんは上の方の道を取ったのでしょう、私たちは下の方から来たので」

だがコロンバは頭を振り、また別の質問をした。彼女の生来のしっかりした性分も、外国人には自分の弱さを全く見せないようにする自負心も加わり、彼女の不安な気持ちを隠すことは不可能になっていて、すぐにあのとても不幸な結果となった和解の企てについて彼らに知らせたらその不安な気持ちを二人に、特にリディア嬢に伝わってしまったのである。ミス・ネヴィルも動揺し、使者をあちこちに派遣させようと言い、父の方は馬にもう一度跨り、案内者と一緒にオルソを探しに行くことを提案した。客人たちの心配はコロンバに自分の家での女主人としての義務を思い起こさせた。無理にでも笑おうとつとめ、大佐を食卓につくように急かし、兄が遅いもっともらしい理由を説明するためにいくつも浮かべようとした。だがその理由を説明してもすぐさま彼女自身で壊してしまっていくのであった。女性を安心させるのが男性である自分の義務であると考えていた大佐は、彼なりの説明を申し出た。

「賭けてもいいがね、デルラ・レビアは獲物と決闘したんだよ。いてもたってもいられなかったてわけさ、私たちが行って様子を見て、獲物袋を一杯にして帰ってくるよ」。更にこう続けた。「そうだ！そういえば来る途中に銃が鳴るのを四発耳にしたな。そのうち二発は他のやつよりも強い響きで、娘にこう言ったのですよ。『デルラ・レビアが狩りをしているんだろうな。あんな音を出すのは私の銃以外にはあり得ないだろうからね』ってね」

コロンバは青ざめた。そして彼女をまじまじと見ていたリディアは大佐の推測が彼女にどんな疑いを抱かせたかを難なく見抜いた。数分の沈黙があった後に、コロンバは激しい勢いで強い方の銃声が他の銃声の前からそれとも後なのかを尋ねた。だが大佐も娘も案内人も、この重要な点に対して大した注意を払っていなかったのである。

一時近くになっても、コロンバが派遣した使者が一人たりとも戻ってこず、全ての勇気を振り絞って客人たちを無理やりにでも食卓につかせた。だが大佐を除いて誰も食べることができなかった。広場にわずかな物音でもすればコロンバは窓の方へと駆け寄っては悲しい様子で席に戻り、更に悲しげな様子をしつつも無理にでも友人たちと他愛ない会話を続けようと努めた。そんな話題に心を向ける人はおらず、会話が中断されては長い沈黙が続くのであった。

突然、駆け足で走る馬の足音が聞こえてきた。

「ああ！今度こそ、兄さんね」とコロンバは立ち上がった。

だがオルソの馬に乗っていたキリナの姿を見ると「兄さんは死んでしまった！」と引き裂かれるような声で叫んだ。

大佐は杯を落とした。ミス・ネヴィルも叫び声を上げて、一同は家のドアへと駆け寄った。キリナが馬から地面に降りるよりも早く、まるで羽毛のようにコロンバによって抱えられ窒息してしまうくらいに抱きつかれた。子供は彼女の恐ろし気な眼差しに気付き、発した最初の言葉はオセロの合唱隊と同じものだった。

「生きてるよ！」

コロンバはキリナを締め付けるのをやめて、彼女は若い雌猫のように身軽に地面に降りた。

「あいつらの方は？」とコロンバは唸るような声で訊いた。

キリナは人差し指と中指で十字を切った。死んだように蒼ざめていたコロンバの表情はすぐに激しく紅潮した。彼女はバリッチニ家の方に荒々しい目つきを向けて、客人たちに微笑みつつ言った。

「コーヒーを飲みに戻りましょう」

お尋ね者の使いのイリスは長々と一部始終を語った。彼女の方言はコロンバによってそのままイタリア語に翻訳され、更にミス・ネヴィルによって英語へと翻訳された。その話は大佐に呪いの言葉を吐かせたのは一度だけでなかったし、ミス・ネヴィルの方も複数回ため息をつかせたのであった。だがコロンバはといえば動じぬ様子で聞いていた。ただ彼女はダマスク風のハンカチがちぎれてしまいそうになるくらいにそれを捻っていた。子供の話を五、六回遮ながら、ブランドラキオがオルソの傷は危険なものではなく、この程度のものはいくらでも見てきたと言っていた旨を繰り返させるのであった。そして話の最後に、オルソは手紙を書くための紙が是が非でも欲しく、妹のコロンバにおそらく今ごろ自分の家にいる婦人にその手紙を受け取るまではそこを立ち去ってはいけないことを伝えて欲しいと報告した。更に子供はこう付け加えた。

「オルソ様が何より不安に思っているのはそのことで、私がこちらに向かおうとした際にこの言伝を忘れるなと念押ししたほどです。このお願いを頼んできたのはそれで三回目だったのです」

兄のこの命令に対して、コロンバは軽い微笑みを浮かび、イギリス人婦人の手を強く握りしめた。イギリス人婦人は涙でいっぱいで、キリナの付け加えた内容を父に翻訳しないことと決めた。

「ええ、私と一緒にいてくださるのですよね、ネヴィルさん。私たちを助けてくれますよね」

とコロンバはミス・ネヴィルにキスをしながら叫んだ。

そして古い下着類を多数戸棚から引き出したと思うと、それを引きちぎって包帯と血止め用の綿撒糸を拵えた。彼女の輝く眼や活気づいている顔色、心配と平静を交互に浮かべるのを見ていると、兄が負傷したことに心を動揺させているのか、それとも敵の死に有頂天になっているのか判断するのは難しかった。大佐にコーヒーを注いであげて、コーヒーを淹れる自分の腕前を自慢したかと思えば、ミス・ネヴィルとキリナに仕事を与えながら包帯を速く縫って巻くように促せた。そしてオルソの受けた傷はひどい苦痛をもたらしているかどうか何回も何回も訊いた。絶えず仕事を止めながら大佐にこう言った。

「腕があり、とても恐ろしい二人の男……!それなのに兄さんは一人で、しかも片腕しか使えないのに……。二人ともやっつけちゃった……。すごい勇気ですよね、大佐さん!まさしく英雄じゃあありませんか?ほんと!ネヴィルさん、あなた方のような静かな国で生活していたらどれほど幸福だったでしょう……!まだ兄の本当の姿を知ってはいないのは確かですよ……!私、言ったじゃありませんか、ハイタカは翼を広げん、って……。兄がおとなしそうな様子をしているものだから勘違いなさったのでしょう……。ネヴィルさん、あなたの側にいると……、ああ！兄さんがあなたのために働いているところを見ていてくれたら……、可哀想なオルソ兄さん！」

リディア嬢はほとんど作業を進めることができず、どう言葉を切り出せばいいのかわからなかった。父はどうしてすぐにでも裁判官の方へと訴えにいかないのか尋ねた。検視官やコルシカでは同じく知られていない事柄について話して聞かせた。そして最後に、傷ついたオルソを助けたその親切なブランドラキオ氏の地方にある宅はピエトラネーラから遠く離れているところにあるのか、そして自分自身が友人オルソに出かけて会いにいけないかどうか訊くのであった。

コロンバはそれに対して、オルソはマキにいるといつもの平静さで答えた。山に逃げ込んだ者が兄の手当てをしていて、知事や裁判官たちの意向を確かめる前にそこへと登っていくのはとても危険だと言った。そして最後に、腕の立つ外科医を内密に兄のところに派遣するようにさせる、とした。

「特に、大佐殿、あなたは四発の銃声を耳にし、兄さんは後から撃ったという仰ってくれたことは覚えておいてください」

大佐は相手が何を言いたいのか理解できず、娘の方はため息をつき両目を拭うばかりであった。

日がだいぶ進んだ頃に、悲痛な行列が村の中に入ってきた。バリッチニ弁護士の元に息子たちの遺体が運ばれてきたのであり、彼らは百姓が曳いていたロバの上に横になっていた。バリッチニ派の人たちや暇人たちの群れがその悲痛な行列に続いていた。彼らの中には遅れてやってくるのが常である憲兵たちも混じっており、更に腕を空に掲げて絶え間なく次の言葉を繰り返していた助役たちもいた。「知事はなんと仰ることだろう！」と。数人の女、特にオルランデュキオの乳母は髪をかきむしりながら荒々しく唸り声を出していた。だが彼女たちの騒がしい苦しみよりも一人の人物の沈黙で表していた絶望の様子の方が人々の注意を惹いたのである。彼は死んだ息子たちの不幸な父であり、片方の遺体からもう片方へと行ったりきたりしながら、土に汚れた彼らの顔を上げて、紫色の唇に口づけをし、すでに硬っていた手足を持ち上げた、まるで運搬される間に起こる死体の揺れを抑えるように。時々弁護士は何か言おうとして口を開くのが見えたが、叫び声も言葉も発せられなかった。その両眼は常に遺体の方に向けられていたので、彼は石や木、足を進める際に遭遇するあらゆる障害物と衝突するのであった。

女たちの嘆き声や男たちの呪いの言葉はオルソの家が視界に入ってくるとその度合いはいよいよ強まっていった。レビア派の羊飼いたちが大胆不敵にも勝鬨の声を上げるものだから、敵対者たちの憤慨ももはや抑えきれない状態にあった。「復讐だ！復讐だ！」という声が何人からか湧き上がってきた。石を投げたものもいたし、コロンバと客人たちがいる広間の窓に対して二発の銃が撃たれ、それが鎧戸を貫いた。そしてその結果二人の女性が座っていた机にまで木の破片が飛び散るくらいだった。リディア嬢は恐ろしい叫び声を上げて、大佐は銃を手に取った。そしてコロンバは大佐が引き止めようとするうちに家の出入り口の方へと駆けて行き、それを凄まじい勢いで開いた。そして敷居の上に直立したまま、両腕を広げ敵に対して呪詛の言葉を投げかけようとした。

「卑怯者どもが！女たち、異国の人たちを撃とうとでもいうのか！お前たちはコルシカ人じゃないのか？男じゃねぇのか？後ろから襲い掛かることしかできない雑魚どもが、こっちに出てこい！お前たちをやってやる。私は今一人で、兄は遠くにいる。殺すなら殺せ、客人たちも殺せるものなら殺せ。お前たちにはそうするのがお似合いだろうが……。出来ないとでもいうのか、雑魚野郎どもが！私たちが復讐を果たそうとしているのは知っているだろう。行けよ、行って女のように泣いてこいよ、そしてお前らにもう血を流さないようにしてやったことを感謝するんだな！」

コロンバの声と態度には何か威圧的でおそるべきものがあった。彼女の姿を目にしていた群衆たちは、震え上がり後退りした。それはまるでコルシカの冬の夜に出没する、何度となく恐ろしく語られてきた、危険な亡霊のような姿であった。助役と憲兵たちと数人の女たちがこの機会を利用して両方の陣営の間に割って入った。というのもレビア派の羊飼いたちはすでに銃を構えていたのであり、すぐにでも広場にて大乱闘が開始されると住民たちは恐れていたのである。だが双方の陣営ともにリーダーが不在であり、コルシカ人たちは怒りに激っていても規律を重んじるので、戦の際に自分たちの陣営の肝心の張本人が不在である場合に攻撃に出ることは滅多にない。その上成功により慎重になっていたコロンバは、少人数の守備隊を抑えていた。

「あんな雑魚たちなんて泣かせておけばいいよ、あんな年寄りが自分の肉を運ぶことくらいさせておけばいい。あんな噛み付くための歯すらないような老いた狐なんて殺してなんになる?」

「ジウディッチェ・バリッチニ!八月の二日を思い出すんだ!お前がその手で偽造したあの血まみれの紙入れについて思い出すんだ!父さんはそこにお前の借金を記載していたんだ、そしてお前の息子たちがそれを清算したんだ。それで帳消しにしておいてやるよ、バリッチニのジジイが!」

コロンバは腕を組んだまま軽蔑の笑みを唇に浮かべ、遺体が敵方の家に運ばれていくのを見た。そして群がっていた人たちはゆっくりと散らばっていった。彼女は家のドアを再度閉めて、食堂に戻りつつ大佐にこう言った。

「同国の者たちの無礼についてお詫びします。コルシカ人たちが異国の者がいる家に発砲しようなどとは夢にも思いませんでした。本当に同国のことを恥ずかしく思います」

その晩リディアが部屋に戻ると、大佐が後ろをついてきて、いつ頭に銃弾をぶち込まれるかわからないような村は明日にでも離れ、殺人や謀反しか見当たらないような国はすぐに去った方がいいのではないかと訊いた。

ミス・ネヴィルはしばらく返事をせず、父のこの提案が少なからず彼女を当惑させていることは明らかだった。そしてついに彼女はこう言った。「一体どうしてあの可哀想な若い女性を置いていけるの、彼女は慰めをとても必要としているというのに。お父さんの言うことは私たちにとって酷い行いじゃないかしら？」

「お前のために言っているんだよ。そりゃあ安全なアジャクシオのホテルに今いるのなら、この島が忌々しいとはいえ、あの勇敢なデルラ・レビア君と握手をすることすらなく島を離れることは無粋というものだがね」

「じゃあさお父さん、もうしばらくいましょうよ、そして出発する前に彼らたちに何か私たちもできないかはっきりさせましょうよ！」

「大したもんだ！」と大佐は娘の額に口をつけた。「お前が他人の不幸を宥めるために自分を犠牲にしようとするのを見ると、嬉しくなるよ。では留まることとしよう。善き行いをして後悔するようなんことなんてないからな」

リディア嬢はベッドに横になっても眠りに入ることができなかった。かすかに聞こえてくる物音も彼女にとってはこの家への襲撃の準備だと思われることもあったが、他方で、何とか自分を安心させ、今頃は冷たい地面の上に横たわっているだろう可哀想な負傷者について考える

十八

のであった。彼はお尋ね者の慈悲を待つより他ない状態にあるのだろう。彼女は彼が血まみれになり、悍ましい苦痛に喘いでいる姿が思い浮かんできた。だが奇妙なことで、彼は彼女と別れた時の格好そのままで、彼の唇に自分があげたお守りを当てているのであった……。そして彼女はオルソがとても勇敢な人物だと思った。そして彼がなんとか逃れることのできた恐ろしい危険、そんな原因に身を晒したのは自分が原因なのであり、少しでも自分と早く再会したかったのだと内心思うのであった。このまま行くとオルソが腕を負傷させたのは自分を守るためだったと思い込んでしまう勢いだった。オルソの傷を自分が原因であるとして責めたが、それだけ彼のことを賛美しているのであった。そして一度に二人やっつけたという業績が彼女からしてみるとブランドラキオやコロンバほどの値打ちは感じられないとしても、それでもそのような大胆不敵さを生死の境目に冷静に見せることができたのは、小説の主人公においてもほとんど見られないことだと思った。

彼女が一人で使っている部屋は元々コロンバのものだった。モミの木材で作った一種の祈祷台の上には、少尉の軍服を着たオルソの小型の肖像画が神聖な棕櫚の木の隣にある形で壁にかかっていた。ミス・ネヴィルは壁からその肖像画を外して、長い間じっと見つめて、やがて元にあった場所に戻すのではなく自分のベッドの傍に置くのであった。彼女は夜が明けようとする時になってようやく眠りに入ることができ、再び目を覚ました時には太陽はすでに地平線の遥か上にまで昇っていた。見ると彼女のベッドの前にコロンバがいた。コロンバは彼女が目を覚ますまでにじっとそこで待っていたのだ。

「どうです、ネヴィルさん、こんな何もないような部屋だと気分悪くなりません？　寝られなかったのではないかと心配ですが」

「お兄さんからの手紙はある、コロンバさん？」とミス・ネヴィルは身を起こして床に座った。オルソの肖像に気づくと急いでそれを隠すためにハンカチをそこにかぶせた。

「ええありました」とコロンバは微笑んだ。そしてその肖像画を手に取って「似ていると思います？　本物はもっと素敵なのに」

「ああ……！」とミス・ネヴィルは大いに恥いった。「ちょっと外してしまったのよ……。ついうっかり……、この肖像を……。ついついなんでも触ってしまう悪い癖があるの……。そして片付けずそのままにして……。お兄さんの様子はどう？」

「かなりいいです。ジオカントが今朝四時前にここにやってきて、手紙を一通持ってきてくれたの……あなた宛にね、リディアさん。オルソ兄さんは私には手紙を書いたりしてくれないの。私宛にとしてコロンバに、って書いてはあるけれど、下の方にN嬢に渡せと書いてあります。でも兄弟同士嫉妬することはないわ。ジオカントはその手紙を書くのにだいぶ苦労していたと言っていたし。ジオカントは文字をとても上手に書くことができて、兄さんが内容を口で言ってくれれば自分が書いてもいいと申し出たけれど、兄さんはそれを断りました。仰向けになったまま兄さんが鉛筆で書いていきました。その間、ブランドラキオが紙を押さえていました。絶えず兄さんは起きあがろうとしていたけれど、ちょっとでも体を動かしてみても腕に激痛が走っていて、とても見ていられないとジオカントは言っていました。これがその手紙です」

ミス・ネヴィルは英語で書かれていたその手紙を読んだ。英語で書かれていたのは無論念には念を入れるためだった。内容は以下の通りであった。

「ネヴィルさん私を不幸な定めが押していきました。敵方が私に何と言うのか、どんな誹謗中傷を喋り出すのかは分かりません。でもネヴィルさんがそれらの言葉を信じてさえくれなければ、大した問題ではありません。あなたと会って以来、突飛な夢をみるようになりました。自分の錯乱ぶりを自覚するには今の惨事が必要なのでした。今では正気を取り戻すことができました。自分が待っている未来が何であるかは自分ではよくわかっていて、もう諦めています。あなたが私にくれ、幸福のお守りだと思っていたこの指輪を、持つことは私にはできそうにありません。あなたが私にその指輪を授けたことによって、その指輪が悪いように扱われたことを後悔するのではないかと恐れています、いやむしろ、私が錯乱していた時のことを思い起こさせるのではないかということを恐れます、コロンバからそれをあなたに返させます……さようならネヴィルさん、あなたはコルシカを離れ、もう会うことはないでしょう。ただ妹に今でも私に敬意を払っていることは伝えておいてくださいそして私はいつまでもその敬意にふさわしいだけの価値を持ち続けることを請け負います。

O・D・R」

リディア嬢はその手紙を読むために身を背けていた。そして彼女の様子を注意深く見ていたコロンバはあのエジプトの指輪を返却しつつ目配せでこれが何を象徴しているのかを尋ねた。だがリディア嬢は顔を上げようとせず、その指輪を指に付けたり外したりしながら、悲しげにまじまじと見ていた。「ねえ、ネヴィルさん」とコロンバは言った。「兄さんがあなたになんと仰っていたか教えてくれないかしら？具合について話していた？」

「でも……」とリディア嬢は顔を赤めた。「何も言ってなかった……。手紙は英語で書かれていた……。父への伝言よ……。知事の方が何とか片付けてくれるだろうという……」

コロンバは意地悪い笑みを浮かべ、ミス・ネヴィルのすぐ隣に座る形でベッドに腰を下ろした。そして相手を射抜くような眼で見た。

「あなたいい人よね？兄さんに返事を書いてくださらない？兄さんとても喜ぶでしょうね！先ほど手紙が届いた時あなたを起こそうと一瞬思ったけれど、差し出がましいと思いできませんでした」

「起こしてくれればよかったのに、私が一言入れれば彼を……」

「でも今となっては手紙を送ることができません。知事さんがここに到着して、ピエトラネーラは彼の護衛でいっぱいです。もっと後にするとしましょう。ああ！ネヴィルさん、もしあなたが兄さんのことをよく知ってくれれば、私が彼を愛しているようにあなたも彼を愛するでしょうね……。とても気立てがよくて勇敢！兄さんが何をしたかを考えてみてよ！一人で二人と戦ってしかも傷を負うなんて！」

知事が戻ってきた。速急の報せを受けて、彼は憲兵たちやコルシカ選抜歩兵たちを随伴していた。さらに検事や書記、その他の人物も連れてきていて、ピエトラネーラの敵対家族の間の錯綜していた、いやこう言っていいなら、終焉した恐るべき惨事についての情報を調査しにきた。彼等が着くとすぐにネヴィル大佐とその娘を目にして、この事件は悪い方向へと向かいうる虞があることを隠さなかった。

「ご存知の通り、肝心の決闘には証人がいないのですからね。そしてあの気の毒な二人の若者たちの熟練さや勇敢さについての評判はすでに十二分に確立していたわけですから、デルラ・レビア氏がお尋ね者たちの助けなくして二人を殺したなんて誰も信じようとしませんよ。今ではレビア氏はお尋ね者たちのところに匿われているとのことですが」

「そんな馬鹿なことはない」と大佐は叫んだ。「オルソ・デルラ・レビアは名誉を十分に重んじる男だ。私がそれを保証する」

「私の方としてもそうとは思いますよ。ですが検事の方はあまり好意的には思っていない様子です（といっても疑うことが彼らの日常的な仕事ではありますがね）。あなたの友人のために如何わしい類の文章を握っているのです。それはオルランデュキオに宛てられた脅迫状で、それはある場所で呼び出そうとしているのです……。そしてその場所で待ち伏せをするようでしたが」

「そのオルランデュキオというのは勇敢な男として決闘に応じることを拒んだんだ」と大佐は言った。

「そもそもここではそういった慣習はないのですよ。互いに待ち伏せをして、背後から襲いかかって殺すというのがここのやり方なんです。有利になる証言もあります。ある子供が四発の銃声を耳にし、後の二発が前の二発よりも強い音で、それはデルラ・レビア氏の銃のような口径の大きいものによって撃たれたということなのです。ただ残念なことに、その子供というのは共犯の疑いのあるお尋ね者たちのうちの一人の姪であり、そう証言するように教え込まれていた、とのことなのです」

「知事殿」とリディア嬢は白目まで真っ赤にしながら遮った。「その銃声が鳴った時、私たちはここに来る途中でした。そして私たちも同じく耳にしたのです」

「本当ですかな？　これは重大なことだな。そして大佐殿、あなたも同じく耳にしたことは間違い無いですな？」

「ええ」とすぐにミス・ネヴィルは返事した。「銃に詳しい父が言ったのです。『俺のあげた銃でデルラ・レビア君が撃っているな』と」

「そしてあなたにとって聞き覚えのある銃声というのは後の方のものだったのですね？」

「後の二発よね、父さん？」

実は大佐の方はあまりよく覚えていなかったが、いずれにせよ娘の言うことを否定するつもりはなかった。

「これはすぐに検事に伝えないといけないことだ。それに今晩外科医が来て死体を検死しその傷が例の銃によるものかを確認する予定だ」

「あの銃をオルソにあげたのは私だ、今となっては海に沈んでくれたと思いますが……。というのも……。いや、やはりあの銃を勇敢な彼が手にしていて正解だった。俺のマントン製の銃がなかったら、彼がうまく窮地を切り抜けられるかわかったものじゃありませんからね」

十九

外科医は少し遅れて到着した。というのも来る途中に彼にも遭遇した事件があったからだ。ジオカント・カストリコニと遭遇して、負傷した人間を手当してほしいとこれ以上にないくらいの丁重さでお願いされ、外科医をオルソのいる所に連れていき、彼の傷をすぐに手当したのであった。そしてお尋ね者はかなり遠くまで外科医を送っていったが、ピサでも一番有名な教授たちについての話を聞いて感銘を受けた。何でもそれら名高い教授たちは自分の友人だったのである。

「先生」と神学徒は別れる際に言った。「先生は大いに尊敬すべきお方でございますので、このようなことを言うのは野暮かもしれませんが、医者は懺悔師と同じくらい口を堅くして秘密を守らねばならないのです」

そして彼は銃をかちゃかちゃと鳴らした。

「私たちが光栄にも先生をお目にした場所を忘れられた、そうなのです。さようなら、お会いできて光栄でした」

コロンバは死体の解剖に同席して欲しいと大佐にお願いした。

「私の兄の銃については一番詳しいのですからね、同席してくだされぱとても助かります。それにここに悪い人たちが多く、私たちにとって有利な点を守ってくださる人がいないというのは、とても危険なことなのです」

リディア嬢と二人だけで残ると、コロンバは頭がとても痛いと呻き始め、村の近くを少しばかり散歩したいと申し出た。

「外の空気に当たればよくなるわ。随分長く外の空気を吸ってませんでしたからね」

歩きながらコロンバは兄についてずっと話していた。そしてリディア嬢はその話題に多大な関心があるものだから、自分がピエトラネーラから随分離れた所まできたことに気づかなかった。そのことに気づき戻ろうとコロンバに言った時には太陽はもう沈んでいた。コロンバは早く戻ることができる近道を知っていると伝えた。そして今まで歩いてきた道から逸れて、もっと人気のないように見える道を辿った。すぐに丘を登り始めたが、その勾配は険しく、自分を支えるために絶えず木の枝を掴み、同行していたもう一人を後から手で引き上げてやらなければならなかった。このような骨の折れる登攀を丸々十五分も続けた後、ギンバイカやアルブートスで覆われた小さな平原にたどり着いた。そこは石灰石の大きな塊が乱立している形で地面から顔を出していた。リディア嬢はとても疲労困憊していた。村は全く見えず、ほとんど夜になっていた。

十九

「ねえコロンバ、どうも道を間違えて迷子になったんじゃないの？」

「心配は無用ですよ。このまま歩いて行きましょう、ついてきて」

「でも道を間違えているのは確かよ、村への方角はこっちじゃないんだから。むしろ逆方向に背を向けていることは間違いない、ほら、あのずっと遠くに見える光が確かにピエトラネーラのものよ」

「リディアさん」とコロンバは興奮した様子で言った。「その通りですよ、でもここから二百歩歩くと……、このマキに……。いいですか、兄さんがいます。リディアさんさえ良ければ兄さんと会って、キスすることもできますよ」

ミス・ネヴィルは不意をつかれ驚いた。コロンバは続けた。

「私がピエトラネーラから気づかれずに離れられたのは、あなたと一緒だったからです……。そうでなかったら後をつけられていたでしょう……。兄さんとこんなに近くにいるのに会わないなんて……！どうして私と一緒にきて可哀想な兄さんとは会わないの？あなたがいてくれば兄さんもすごい喜ぶのに！」

「だってコロンバ……。私にとっては礼を失するものなの」

「わかりますよ。都会の女の人たち、あなたたちはいつも礼儀礼儀って周りを気にしてしょうがないのよね。私たち地方の女は、誠実かどうかしか考えないのです」

「でももう遅いじゃない……！それにあなたのお兄さんだって私のことを何て思うかしら

ね？」

「友人に決して見捨てられなかったって思うでしょうね。そうすれば苦しむことにも勇気を抱きます」

「それに父さんもどれだけ心配するか……」

「私と一緒だってことを知っているじゃありませんか……。ほら、はっきり決心してください……」。さらに意地悪気な笑みを浮かべてこう付け加えた。「今日の朝だって兄さんの肖像画をずっと眺めていたじゃない」

「ダメよ……。本当にコロンバ、そんなこと……。そこにいるお尋ね者たちが……」

「大丈夫よ、お尋ね者たちはあなたのことを知らないのですから、何だっていうの？彼らだって見てみたいって言っていたじゃないですか……！」

「もう！」

「ほらリディアさん、決心してください。あなたをここに一人置いていくなんて、私にはできません。何が起こるか分かりませんからね。オルソに会いに行くか、それとも一緒に村に戻るか……。私が兄さんに会えるのは……神様だけがご存じ……。もしかしたらもう会えないかも」

「何を言っているの、コロンバ……？わかったわよ、行こう！でも一分間だけ、そしてすぐに戻るよ」

十九

　コロンバはリディア嬢の手を握りしめて、返事もせず歩き出した。その足取りは速く、リディア嬢はやっとのことでついていくことができた。幸いコロンバは間も無く足を止めて、同行者にこう言った。

「彼らに予め通告しない内にこれ以上進むことはできません、下手をすれば銃を一発食らうかもしれませんからね」

　そして指を口に当てて口笛を鳴らした。すぐに犬が吠える声が聞こえてきて、お尋ね者たちの見張りがすかさず姿を現した。それは私たちにとって馴染み深い犬ブルスコであり、彼もすぐにコロンバに気づき案内者としての役目を買った。マキの狭い小道を多数曲がった後、一同に完全武装した二人の男が姿を現した。

「あなたなの、ブランドラキオ?」とコロンバは尋ねた。「兄さんはどこ?」

「あっちだ！でもゆっくり進んでくださいよ。彼は眠っているのですが、あの事件以来初めて眠りに入ったわけですからね。えらいこっちゃ！悪魔が通る所には女も通るってのはその通りだな」

　注意を払いつつ二人の女は近寄っていった。乾いた石を積み上げて築かれた小さな壁を辺りに配置することにより照らしが慎重に隠されている火の傍らに、シダを積み重ね外套を被って寝ているオルソを見つけた。彼はとても蒼白になっていて、苦しげな呼吸の音が聞こえてきた。コロンバは彼の側に座って、まるで心の中で祈祷しているように両手を合わせてオルソの方を見つめた。リディア嬢はハンカチで自分の顔を覆い、コロンバの方に身を寄せた。だが時々彼女は頭を上げて、コロンバの肩越しに傷ついたオルソを見た。誰も口を開かないまま十五分が過ぎた。神学徒が合図をすると、ブランドラキオは一緒にマキへと入り込んでいったが、それにリディア嬢はとても安心するのであった。初めて彼女はお尋ね者たちの繁った髭と装備に非常に強い地方色があるのを見出したからである。

ついにオルソは体を動かした。するとすぐにコロンバは身をかがめて彼に何度も何度もキスをした。そして傷の具合はどうか、どれほど痛いのか、必要なものはないかと質問攻めをした。だいぶよくなったと答えた後、今度はオルソの方がミス・ネヴィルはまだピエトラネーラにいるのか、自分に手紙を書いてくれたかについて聞いた。兄にかがみ込んでいたコロンバは自分の同行者の姿を完全に隠してしまっていて、それに目に入っていたとしても周囲の暗さからその人がミス・ネヴィルだと認識することは難しかっただろう。コロンバはミス・ネヴィルの手を片手でとって、もう片手で負傷者の頭をそっと抱き起こした。

「いいえ兄さん、ネヴィルさんは私にあなた宛への手紙はくれませんでした……。でもいつもネヴィルさんのことを考えているのね、本当に愛してるんですね？」

「愛したいさ、コロンバ！でも彼女は、彼女は今俺のことを軽蔑しているかもしれない！」

その瞬間、ミス・ネヴィルは自分の手を引っ込めようとした。だがコロンバが握っていたその手を放すことは容易ではなかった。コロンバの小さく綺麗な形をしているその手も相応の力があることの証は先ほどご覧になられたことだろう。

「兄さん、軽蔑ものだわ！あれだけのことをやったというのに……。それどころか兄さんのことをよく言ってくださってるのよ……。ああ！オルソ兄さん、彼女のことについて話さないといけないことがたくさんあるの」

ミス・ネヴィルは絶えずコロンバの手を放そうとしていたが、コロンバはますますオルソの方へと彼女を引き寄せた。

「でも一体、どうして彼女は返事を寄越さないのだろう……？一行でも書いてくれれば、俺は満足するのに」

ミス・ネヴィルの手を引っ張っているうちに、コロンバはついにその手を兄の手に握らせたのであった。そしていきなり飛び退いて笑いを噴き出した。

「兄さん、リディアさんの悪口を言う時は気をつけるのね、彼女、コルシカ語もちゃんと理解できるのだから」

リディア嬢はすぐに腕を引っ込めて、聞き取りにくい言葉をいくつか口籠った。オルソは夢を見ているような気分だった。

「ここにいたんですね、ネヴィルさん！全く！一体どうしてこんなことを？本当に！おかげで幸せですよ！」

そして力を振り絞って身を起こし、リディア嬢に身を寄せようとした。

「あなたの妹さんについて来たの……。彼女の行く先を疑われないように……。それに私も……。確かめたいと思って……。でも！ここでこんなにひどい状態で！」

コロンバはオルソの背後に座っていた。慎重にオルソの身を起こして、膝で彼の頭を支えようとした。腕を彼の首に回して、リディア嬢に近寄るよう合図をした。

「もっと近く！もっと近く！病人が大きな声を出しては駄目でしょう」

それでもリディア嬢は躊躇っている様子だったので、手を取り強引にオルソの近くに座らせた。リディア嬢の衣服がオルソに触れてしまった。そして相変わらず握られていたその手は負傷者の肩の上に置かれるのであった。

「とても素敵ね」とコロンバは陽気な様子だった。「オルソ兄さん、こんなに素敵な夜にマキで野宿ってのもいいものじゃない？」

「ああそうだな！申し分のない夜だ！この時のことを忘れることは絶対ないだろうな！」

「とても苦しいだろうね！」とミス・ネヴィルは言った。

「もう苦しくなんかないさ、ここで死んでもいいくらいですよ」

そう言ってオルソは右手をリディア嬢のそれに近づけようとしたが、彼女の手はコロンバが相変わらず握りしめていて自由が利かなかった。

「もっと優れた治療をするためにどこか別の場所に運ぶ必要があるわ、デルラ・レビアさん」とミス・ネヴィルは言った。「こんなにひどい状態で横になっていると思うと、私はとても眠れないよ……。こんな外で……」

「あなたと会うことに不安がなかったら私はピエトラネーラへと戻るとしたでしょうね、ネヴィルさん。そして自首したことでしょう」

「でもどうして彼女と会うのが不安だったの、オルソ兄さん？」

「あなたの命令に従わなかったからですよ、ネヴィルさん……。そして今のような状態で会うなんてとても出来なかったのです」

「ほらリディアさん、兄さんはあなたの望むがままですよ」とコロンバは笑った。「兄さんと会うのを禁じますよ」

「今回の不幸な事件の真相が明るみに出て、もう心配することが何もなくなるといいんだけれど……。私たちがコルシカを出発する時、人々があなたが無実であり、あなたの誠実さと勇敢さを認めてくれればどんなに満足できることだろう」

「出発するって、ネヴィルさん！その言葉はまだ口にしないで欲しい」

「気持ちはわかりますけど……。父さんもずっと狩りをしているわけにはいかないし……。それに出発したいと言っているの」

オルソはリディア嬢の手に触れていた自分の手を滑り落とした。そして一瞬場は沈黙した。

「駄目よ！」とコロンバが言葉を続けた。「そんなにすぐに出発させませんよ。ピエトラネーラであなたに見せたいものがまだたくさんあるんだから……。それに、私の肖像を描いてくれるって言ったじゃありませんか、それをまだ始めてすらいないのに……。それに私だってあなたに六十五連のセレナータをつくるって約束したじゃありませんか……。それに……あら、ブルスコが唸っているけど一体何……？ブランドラキオも一緒になって後ろから走っていってる、ちょっと見てきます」

すぐに彼女は立ち上がり、無遠慮にオルソの頭をミス・ネヴィルの膝の上に置いて、先ほどのお尋ね者たちの後を追って走っていった。

ミス・ネヴィルはこのように美貌の若者を膝に乗せながら二人差し向かう形でマキの真ん中にいることに少しハッとして、自分がどうすればいいのかわからなかった。というのもいきなり身を引っ込めると、この負傷者の具合を悪化させる心配があったからである。だがオルソの方は自分から妹が置かせてくれた優しい支えから身を離し、右腕を支えにして体を起こした。

「じゃあ、間も無く行ってしまうんですね、リディアさん？この忌まわしい国にあなたをもっと滞在にさせなければならないなんて少しも思ってはいないですが……。なのに……。あなたがここに来てくれてから、お別れの挨拶を言おうと思ったら百倍も苦しくなってしまいます……。私は哀れな中尉です……。将来性もなければ……。今となっては犯罪人です……。リディアさん、あなたに愛しているって言うにはなんてひどい瞬間でしょう……。でもそのことを伝えることができるのも今が唯一のチャンスなのでしょうね、それに胸にあった重荷を下ろせて前よりは不幸ではなくなった気がします」

リディア嬢は顔を背けた、あたかも赤面したその顔を隠すには一帯の暗さだけでは足りないと言わんばかりに。

「デルラ・レビアさん」と彼女は震え声で言った。「ここに来ることなんてあったかしらもし……」。そして喋り続けながら、オルソの手にあのエジプト製のお守りを握らせた。そしていつもの冗談めいたような口調を取り戻そうと多大な努力を払いながらこう言った。「そんなことを言うもんじゃないわよ、オルソさん……。お尋ね者たちに囲まれたマキの真ん中にいるのに、あなたに怒ろうたって怒れないじゃない」

オルソはお守りを返してくれた彼女の手にキスをしようと身を動かした。そしてリディア嬢が少し早くその手を引っ込めたものだから、オルソはバランスを崩して負傷した腕に崩れ落ちた。そしてとても抑えきれない苦しげな呻き声をあげた。

「痛かったでしょう今のは？」と彼女は彼を起こした。「私のせいね！ごめんなさいね……」

そして互いに体を近づけながら、しばらくの間小さな声で話し合った。急いだ様子で駆け込んできたコロンバは二人から離れた時と全く同じ体勢でいるのを目にした。

「選抜歩兵よ！」と彼女は叫んだ。「兄さん、立ち上がってなんとか歩いて、私が手伝うから」

「俺のことはいいから、そしてあのお尋ね者たちに逃げるように言え……。俺が捕らえられたところで、大したことじゃない。だがリディアさんだけは連れて行け。クソ、頼むからここにいることだけは気づかないでくれ！」

「放っておけるわけないじゃないか」とコロンバをつけていたブランドラキオが言った。「選抜歩兵たちの軍曹は弁護士の名付け子だぜ。捕まえるんじゃなくて、殺すでしょうよ、あんたを。それでいて意図的にやったわけじゃないって言うに違ぇねぇ」

オルソはなんとか身を起こそうとし、数歩歩いてさえみせた。だがすぐに立ち止まりこう言った。

「無理だ、歩けない。お前たちだけで逃げるんだ。さようなら、ネヴィルさん。手を出してください、お別れです！」

「あなたを置いていけるわけないじゃない」と二人の女は叫んだ。

「もし歩けないってんなら、私が背負ってあげますよ」とブランドラキオは言った。「行きましょうや中尉殿、ちょっとばかし元気を出して。後ろにある窪地さえ抜けてしまえば、時間は稼げる。司祭殿が相手をしてくれるからな」

「いやお前たちだけで行くんだ」とオルソは地面の上に横になって言った。「頼むからコロンバ、ミス・ネヴィルを連れて行くんだ！」

「お前は強いから肩で中尉殿を担いでやるんだ、俺の方で足を持つから」とブランドラキオは言った。「よし、このまま前へ、進むぞ！」

　彼らはオルソの抵抗も構わず、素早く彼を運んで進んでいった。リディア嬢が体を全身に震わせながら彼らの後を追ったが、一発の銃声が聞こえたかと思うと、五、六発の銃声がそれに応えるように続いた。リディア嬢は叫び声を上げて、ブランドラキオは呪いの言葉を吐き捨てた。それでもなお進む速度を速め、コロンバもこれに倣う形で、自分の顔を鞭打ったり衣服を裂いていく枝には目もくれずマキを進んでいった。

「かがんで、リディアさんかがんで」と連れに言った。「弾に当たってしまいます」

　一同はこのようにして五百歩ほど歩いた、というよりむしろ走った。するとブランドラキオはもう限界だと言って、コロンバが励ましても叱っても甲斐なく地面に倒れ込むのであった。

「ネヴィルさんはどこにいる？」とオルソは訊いた。

　ミス・ネヴィルは銃声に身がすくんでいて、マキの茂みによって一歩一歩歩くたびに足を止められて、すぐに逃げていく一同を見失った。結果、激しい恐怖を全身で感じながら身動きできず一人留まっていたのである。

「彼女は後ろに残ったままです、でも見失ったわけじゃありません」とブランドラキオは言った。「女たちはいつでも見つけられるもんですからね。ちょいと聞いてください、オル・サントン。司祭のやつがあんたの銃をぶっ放しているじゃあありませんか。残念なことにその様子はまったく見せませんがね。夜だとバンバン銃を撃ってもそんな問題にはならないもんなんですすな」

「しっ！」とコロンバは大声で言った。「馬の音が聞こえるわ、助かったのよ」

マキの中を進んでいき銃撃の音にびっくりしていた馬が実際に自分たちの側に身を寄せてきた。

「助かったんだ」と同じことを今度はブランドラキオが言った。

そして馬の方に駆け寄りその鬣を掴み、口に轡の代わりに結んだ縄を通した。一連のこの作業は、コロンバの助けも相まってお尋ね者にとってはすぐに終わるものであった。

「司祭の奴に知らせに行かないとな」

こう言って口笛を二回吹くと、それに応じた口笛が一回遠くから鳴り、マントン製の銃はその粗い声を上げるのが止まった。そしてブランドラキオは馬に飛び乗った。コロンバは兄をお尋ね者の前におかせ、お尋ね者はオルソを片手でしっかりと握り締め、その間もう片方の手で手綱で馬を進行させていた。二人分の重さがあったにも拘らず、横腹を二回勢いよく叩いた刺激を受けたら、軽やかに走り始め、険しい丘を駆け足で降りていった。コルシカの馬ではなかったらもう何回も殺されていたことだろう。

コロンバは走っていったその姿を見送ると、全力を振り絞ってミス・ネヴィルを呼んだが、いかなる返事も返ってこなかった……。当てずっぽうにしばらくの間歩き、辿ってきた道を見つけようとしていたところ、途上で二人の選抜歩兵と出会し「誰だ？」と怒鳴られた。

「あらあなたたち、大した騒ぎね、何人死んだのかしら？」と嘲るようにコロンバは言った。

「お前はお尋ね者たちといたな、俺たちと来て貰おう」と片方の兵士が言った。

「喜んでいきますよ、でも友達が一人ここにいて、まずその人を見つけないといけないの」

「お前の友達はもう捕まってるよ、そしてお前も牢屋に行って一緒に寝るんだ」

「牢屋に?どうなるか見ものね、でもともかく、彼女の方へと私を連れてって」

選抜歩兵たちは彼女をお尋ね者たちの露営へと連れて行き、そこでは兵士たちの遠征の戦利品が集められていた。つまりオルソが被っていたピローネ一着、古びた寸銅鍋一つ、そして水でいっぱいの甕一つあったのである。同じ場所にミス・ネヴィルの姿を身かけられ、彼女も兵士と遭遇して恐怖のあまり半分気を失い、そしてお尋ね者たちの数と向かった方角について質問されて涙で答えるばかりであった。

コロンバは彼女の腕に身を投げ、耳元で「彼らは助かりました」と言った。

そして選抜歩兵たちの伍長に向かって「失礼ですが、このお嬢さんはあなたがたが尋問していることについて何も知らないことはよくわかったかと思います。私たちを村に帰してくださ い、そこでみんなが私たちのことを心配しているのですから」

「そこに連れていくよ、お前が望んでいるよりも早くな、可愛いお嬢さん。お前が逃げていったお尋ね者たちと一緒に密林で何をしていたのか説明してもらわなければならないからな。あの悪党どもがどんな魔法を使ったのかは知らないが、女たちを本当に魅了させたたな。なんたってお尋ね者たちがいるところはどこも綺麗なのがいつもいるからな」

「女性の扱いがお上手ね、伍長さん」とコロンバは言った。「でもね、言葉には気をつけた方がよくてよ。このお嬢さんは知事と血縁関係にあるから、冗談は言わないほうが身のためよ」

「知事の血縁関係だって！」と歩兵が上官に囁いた。確かにそうだな、帽子をかぶってるんだから」

「帽子が何だってんだ」と伍長が言った。

この二人は司祭のやつのところにいたんだ、この国で一番女を誘惑するあの司祭な。そしてこの二人を連れていくことが俺の職務だ。そうだ、もうここですることは何もない。あのクソッタレなカポラルのトーパンさえいなかったら……。あのフランスの酔っ払いが俺がマキを包囲しない内に飛び出て行きやがって……。あいつさえいなければ一気にケリをつけられたのに」

「あなたたちは全部で七人？」とコロンバは訊いた。「いいですか皆さん、ガンビニ、サロッキ、テオドール・ポリの三兄弟がブランドラキオと司祭と一緒にサント・クリスティーヌの十字架の前にたまたまいるとしたら、あなたたちにとって大分面倒なことになるわ。『田舎の司令官』[23]と話す必要があるというのなら、私はそこに居合わせるのはいやよ。夜だと弾丸は誰彼と見境なく飛んできますからね」

最高法院が今し方名前を挙げた恐ろしいお尋ね者たちと遭遇する可能性があることを示唆したことは、選抜歩兵たちにとって随分とこたえたようであった。やはりフランスの犬であるカポラルのトーパンを罵りながらも、伍長は退却を命じて、小隊はピローネと寸銅鍋を運びつつピエトラネーラへと続いていく道を走っていった。甕の方はといえば、蹴り一つで片付いた。

一人の歩兵がリディア嬢の腕を取ろうとしたが、コロンバはすぐにそれを押し退けた。

「誰も触らないで！　私たちが逃げ出そうとでも思っているの？　行きましょう、リディアさん。私に寄りかかって子供のように泣かないで。こういうのを冒険って言うのだけれど、悪いようには終わりませんよ。三十分もすれば夕食を食べることになりますよ。私の方は、お腹が空いて死にそう」

「みんな私のことをどう思うだろう？」とミス・ネヴィルは低い声で言った。

「マキで道に迷ったのだろうと思うでしょうね、それだけよ」

「知事はなんて言うかしら……？　特にお父さんは何て言うでしょう？」

「知事……？　自分の担当地区に勤しんでらっしゃいって答えてやればいいじゃない。そしてあなたのお父さん……？　兄さんと一緒にいる時の話しぶりだと、何かお父さんに言いたいことがあるように思えるけど」

ミス・ネヴィルはそれに返事することなく相手の腕を掴んだ。

「ねえ、私の兄は愛されるだけの価値はありません？」と相手の耳元で言った。「あなただっ

23　原注：テオドール・ポリにつけられていた称号。

て少しくらいは愛してますよね？」

「ああコロンバ、あなたは私を裏切ったのね、あんなにあなたのことを信頼していたのに！」

とミス・ネヴィルは混乱しながらも微笑んだ。

コロンバは相手の背中に腕を回して、額に口づけした。

「ねえ可愛いお姉さん、私のこと許してくださる？」と静かに言った。

「仕方ないわね、ひどい妹さん」とリディアは口づけを返した。

知事と検事はピエトラネーラの助役のところで宿泊していた。大佐は娘のことをひどく心配していて、何か新しい報せはないか二十回も訊きにきたのであった。その時、選抜歩兵が伍長の伝令として派遣されてきたが、お尋ね者たちを相手に行われた激しい戦闘行為について話して聞かせた。戦闘といっても死者も負傷者も一人も出なかったことは事実で、その代わり寸銅鍋一個とピローネを一枚頂戴してきて、さらにお尋ね者たちの情婦かスパイかの二人の娘も捕らえた、とその男は述べた。こういう報告がされてから、二人の捕虜たちは武装された護衛に囲まれる形で呼びつけられてきた。喜びに満ちたコロンバの顔、彼女の連れの恥じた様子、知事の驚き、大佐の歓喜と驚愕については分かってくれるだろう。検事は意地悪くもリディアに尋問を浴びせては楽しんだ。その尋問は彼女が完全に取り乱してからようやく止んだ。

「どうやら二人とも釈放してもよさそうですな」と知事が言った。「このお嬢さんたちは散歩をしていたのですよ。いい天気だからそれも至極当然ですし、散歩の最中に負傷した好ましい若者と偶然ばったりと出会ったのです、これもまた至極当然なことですな」

そしてコロンバの方を自分の側に寄せて言った。

「お嬢さん、事は私が願っている以上にいい方向に進んでいることをあなたのお兄さんに伝えてもいい。死体の検死並びに大佐の供述は、オルソ氏の発砲はあくまでも応戦する形のものであり、銃撃戦において彼は一人だったことを証明しているのです。全てうまく収まるでしょうが、彼が出来る限り早くマキの方から出てきて、自首する必要がありますね」

大佐と娘とコロンバが冷めた夕食を前にして食卓についたのはほとんど二十三時になっていた。コロンバは腹一杯に食べて、知事や検事や歩兵たちを揶揄った。大佐は無言のまま食べて、皿から目を上げなかった自分の娘の方をずっと目を向けていた。やがて彼は優しいが重々しい口調で英語で言った。

「リディア、じゃあお前はデルラ・レビア君と約束したのかね？」

「ええ、父さん今日初めてしてしまいました」と顔を赤らめつつも、はっきりと答えた。

そして目を上げて、父の様子にはいかなる怒りの念もないことを見てとると、いきなり彼の腕に飛びついてキスをした。育ちのいいお嬢さんが同じような状況に置かれた時、このような態度を取るのである。

「これは結構なことだ、彼は勇敢な若者だからな。だが全く！こんな国にずっといることはできないな！じゃなかったら先ほどの同意も撤回しなければならんな」

「私は英語はわからないけれど、大佐さんが仰ったことはしっかり理解したことは賭けてもいいですよ」とコロンバはとても好奇な眼差しで二人を見た。

「私たちはあなたをアイルランドへの旅行の連れて行こうって言おうとしているのですよ」と大佐はそれに応えた。

「じゃあ喜んでお供しますよ、その場合私はコロンバ姉妹【surella Colomba】になるわけですよね、大佐さん?·手を一緒に叩きましょうか?·」

「こういう場合はキスするもんだな」と大佐は言った。

二十

ピエトラネーラを驚愕させた（と新聞で書かれている）二発の銃撃事件の数ヶ月後、左腕に包帯を巻いた一人の若者が午後に、馬に乗ってバスティアから出発してカルドの方に向かっていた。そこは温泉で有名な街であり、体の弱い街の人々に心地よい水を浴びせるのである。際立った美しさをもつすらりとした若い女性が、彼に同行する形で小柄の黒馬に乗っていた。その馬は見る人が見ればその逞ましさと優美さに感嘆しただろう。だが奇妙な出来事により片耳が裂かれているのであった。村に着くとその若い女性がひらりと地面に降りて、同行者も降りられるようにと手を貸して、鞍に縛り付けていたかなり重い鞍袋を取り外すのであった。黒馬は一人の農民に見張らせることになった。そしてこの女は鞍袋をメッツァーロの下に隠す形で運んでいった。若い男の方は二連発の銃を担いで、険しい小道を辿り山の方へと向かった。その道の続く先には、人の住んでいる気配は全くなさそうだった。ケルチオ山の高い段のところに来ると、二人は足を止めて一緒に草の上に腰を下ろした。彼らは誰かを待っているようで、ずっと山の方に目線を向けていて、若い女性の方は綺麗な金時計を見ては頻繁に目をやってまじまじとそれを見ていた。おそらく待ち合わせの時間になったか確かめるだけでなく、どうも最近手に入れたその装飾具を純粋に眺めるためでもあるらしかった。二人の待っていた時間は長くはなかった。犬がマキから姿を現して、若い女がブルスコの名前を口に出すとその犬は駆け足でやってきて身を二人に擦り寄せるのであった。そしてすぐに二人の顎髭をした男が後ろから現れた。彼らは腕に銃を抱え、帯には弾薬入れを、腰にはピストルをつけていた。彼らの服は裂かれていて、それは身に着けている輝かしく大陸の名高い製品である武器とはおよそ対照的であった。立場的には互いは均等ではなかったが、この場の四人は仲睦まじげに互いに寄り添い、まるで古くからの友人同士のようだった。

「いいですな、オル・サントン」とお尋ね者の年上の方が若い男に言った。「もう事は片付きましたな。免訴の判決が下されました。おめでとうございます。弁護士のやつが島にはもういなくて、あいつがキレるところを見れないのは残念ですな。それで腕の方はどうです？」

「二週間もすれば包帯をとっていいって言われてるよ」と若い男が返事をした。「おい、ブランド。明日俺はイタリアへと向かう。お前とあの神学徒にも別れを言おうと思ってね。だから来てくれるようにお願いしたんだ」

「随分急がれますな」とブランドラキオは言った。「放免となったのは昨日なのに、もう明日出発すると？」

「用事があるの」と若い女は陽気に言った。「みなさん、食事を持ってきましたよ、さあ食べて、友人ブルスコのことも忘れずにね」

「ブルスコを甘やかしますな、コロンバ嬢さん。でもこいつはその恩は忘れないでしょうよ。見てくださいよ。ほらブルスコ、バリッチ二一家のために跳んで見せろ」と男は銃を水平に伸ばして言った。

犬は微動だにしないまま鼻面を舐めて、主人の方をまじまじと見た。

「デルラ・レビアのために跳ぶんだ！」

そして六・五センチ分必要以上に高く跳ぶのであった。

「皆、聞いてくれ」とオルソは言った。「君たちは不正な商売をしている。あそこに見える場所[24]でお前たちの生涯が終わる羽目にならなかったとしても、マキで憲兵たちの銃弾に当たって倒れてしまうのがせいぜい一番いいとこだろう。

「それだって、結局死ぬことには変わりませんや」とカストリコニが言った。「ベッドの上で誠実なのかそうでないのかわからぬ、咽んでいる相続人たちに囲まれながら殺してくる熱病よりは価値あるもんですよ。私たちのようないつも外で活動するような人は、村の奴らが言っているように、靴を履いたまま死ぬのが一番いいんですよ」

「君たちがこの国を離れていくのを見れたら、と思うがね……」とオルソは続けた。「そして

24　原注：バスティアで死刑が執行される場所。

もっと静かな人生を送るんだ。例えば、君たちの多数の仲間のように、サルデーニャに行って暮らそうとしないんだ？手筈なら俺が整えてあげてもいいんだが」

「サルデーニャですって！」とブランドラキオが叫んだ。「あのサルデーニャ人どもが【Istos Sardos】！あいつらの喋り方と一緒に悪魔にでも食われろってんだ。あんな意地悪い奴らと一緒にいられるかってんですよ」

「サルデーニャに言ったたって可能性なんてないですよ」と神学徒が言葉を加えた。「私としても、あいつらなんて軽蔑していますしね。お尋ね者を捕らえるのに、馬を持った義勇軍をわざわざ用意する必要がありますからね、あいつらは。お尋ね者たちと国、両方にとっての恥ですよ。[25] サルデーニャが何だってんだ！デルラ・レビアさん、あんたのような趣味もわかるし学のある人がマキでの生活を実際に送ったことがあるのに私たちと一緒にマキでの生活を拒否するなんて、とても信じられませんよ」

「だがね、俺がお前たちと一緒にマキで暮らした時はお前たちの生活ぶりの魅力を楽しむどころではなかったよ」とオルソは微笑んだ。「ある申し分のない夜に、俺の友人ブランドラキオのやつが乗っていた馬車にまるで荷物のように横になって乗せられて走り回らされたことを思い出すと今でも脇腹が痛くなるよ」

「それで追跡から逃げていてくという快感は、あなたにとってなんでもないと仰るので？」とカストリコニが言葉を続けた。この国のような素晴らしい気候の下での絶対的な自由という魅力に、どうしてあなたは無関心でいられるのですか？このご挨拶用の道具（と彼は銃を見せた）さえあって弾が届く範囲内であれば、どこに行ったって王様になれるのですよ。命令もできますし、誤ったことも矯正できます……。とても道徳的な娯楽ですな、中尉殿、そしてとても愉快だ、やらない理由がないですよ。ドン・キホーテよりも武装して分別があれば彷徨う騎士よりも立派な生き方なんてありますかね？ほらこの間、あの小さなリルラ・リュイギの叔父のあの年取ったケチ野郎がいるじゃないですか、そいつの娘が結婚するってのに持参金をやらないってんですよ。そこで私は手紙を書いたんですよ、脅すようなことはせずにね私の流儀に反しますから。そしてですよ、あの男がすぐに降参してしまったってわけで、彼女を結婚させたんですよ。二人の幸福を私が用意してあげたってわけです。本当ですよオルソさん、山にいるお尋ね者ほど優れた生き方ってのはないんですよ。本当に！あのイギリス人女性がいなかったら私たちと一緒にいたことでしょうね、とはいえちょっとだけ見知っただけですが、バスティアでは皆彼女に感嘆しているみたいですよ」

「私の将来のお姉さんはマキが好きじゃないの」とコロンバは笑みを浮かべた。「ちょっと怖がりすぎちゃったのね」

25　原注：サルデーニャに対するこの批評は、私の友人でかつてお尋ね者だった者に負っているものである。それ故この文の責任は彼のみに帰属する。騎兵隊に捕まってしまうようなお尋ね者は馬鹿者であり、お尋ね者たちを馬に乗って追跡する軍と遭遇する機会はほとんどない、とここでは言いたいのである。

「じゃあそういうことなら、君たちはここに残りたいということだな」とオルソは言った。

「それもいいだろう。何か入り用があったら教えてくれ」

「ねぇですよ」とブランドラキオは言った。「俺たちのことも少しばかり覚えておいてくれたらね。もうたっぷりとしてもらいましたよ。キリナの結婚のための持参金も手に入れられたし、そして立派に身を立てるには後はそこの司祭のやつが脅し文句を書いてくれさえすればいいのです。そちらんとこの小作人が必要な時にパンと火薬を調達してくださることも存じてますよ。まあ、お別れといきましょう。近いうちにコルシカでまた会えたらいいもんですな」

「緊急の場合には、金貨が数枚とても役に立つものだ」とオルソは言った。「もう古い馴染なんだから、この小さな弾薬入れも受け取ってくれるだろうね、他の弾薬入れを調達するときに役立つんだからな」

「俺たちの間では金銭は入れないようにしましょうや、中尉殿」とブランドラキオがはっきりと言った。

「一般社会では金がものを言うわけなんですが」とカストリコニが言った。「マキの方では度胸と正確な射撃による銃がものを言うんですよ」

「とはいえ何か形見を残さずして別れたくはないね。ブランド、お前には何を残していったらいい？」

お尋ね者は頭をかいて、オルソの銃を横目で見ながら言った。

「駄目ですよ、中尉殿……。もしできるなら……。いやだめだ、渡して下さるはずがない」

「何が欲しいんだ、一体？」

「何でもないですよ……。欲しいのは何でもないのですが……。使い方を知る必要があるんです。俺はいつも一度に二人を片手で倒したあのすげぇのを考えているんですよ……。全く！あんなことがもう一回起きるわけがねぇ」

「この銃を欲しいということなのか……？お前のために持ってきたんだよ。でもできる限り使うのを差し控えてほしい」

「そりゃあなぁ！中尉殿のように使うなんて約束できませんよ。でも安心してくださいな、もしその銃が他の人の手に渡ったんならブランド・サヴェリはくたばってしまったんだって思っておいてください」

「それからカストリコニ、君は何が欲しいんだ？」

「形のある形見をどうしても持っていて欲しいと仰るなら遠慮なく申し出ますが、ホラティウスのできる限り最も小型の版を下されればと思います。それがあればラテン語を忘れないようにできますからね。バスティアの港に、葉巻を売っている小さな子がいるんですが、その子に渡してくれれば彼女が私にそれを贈ってきてくれます」

「では学者殿にはエルゼヴィル版を贈るとしよう。俺が持って行こうとした本の中に、それがちょうど一冊あったからな。では君たち、これでさようならだ。握手をしよう。いつかサルジニアのことを考える時があったら、俺に手紙を書いてくれ。N弁護士が大陸にいる俺の住所を教えるから」

「中尉殿」とブランドラキオは言った。「明日、乗っている船が港から出発したら、山のほうのこの場所を見てください、俺たちはここにきて、ハンカチを振って合図をしますから」

そして一同は別れた。オルソと妹はカルドの方へと向かい、お尋ね者たちは山の方へと向かった。

二十一

四月のある晴れた日の朝、サー・トーマス・ネヴィル大佐と数日前に結婚したその娘、そしてオルソとコロンバが最近発見されたエトルリア時代の地下を訪問するために馬車でピサの街を出発した。外国人がそこに行くのが定番となっている。その建築物の内部へと降りていって、オルソ夫妻は鉛筆を取り出し、そこを写生し始めた。他方で大佐とコロンバは建築についてはかなり無関心だったので、彼らをそのままにさせ近くを散歩した。

「かわいいコロンバ」と大佐は言った。「この状態だと昼食に間に合うようにピサに戻ることは無理だろうな。お腹は空いてないかい?オルソ夫妻はご覧の通り古代文明に入り込んでいるからね。二人が一緒に写生を始めるといつまでも終わらないからね」

「ええ、しかも写生が完成することもないですからね」

「私の考えとしては、あそこにある小さな農家に行くと言うのはどうだろう。そこでパンにありつくことができるだろうし、アレアティコ(黒葡萄酒)もあるのではないのかな?クリームやイチゴだってあるかもしれないし、そこで気長に素描家たちを待つとしよう」

「それがいいと思います。私とあなたは一家の中で分別のある方で、詩にしか興味ないような恋人たち同士の殉教者になるなんて、そんな馬鹿なことあり得ませんわ。腕を貸していただけませんか、どうですか、私もだいぶ様になってきたでしょう?腕を貸してもらったり、帽子を被ったり、流行の服を身に付けたり、さらに装飾具もつけたりで、素敵なことをたくさん学んでいるの。もう野生とは無縁な存在になりました。ほらショールをつけている洒落た私を少し見て……。あの金髪、あなたの隊の士官で結婚式に来ていた……。ああもう!彼の名前をとても覚えてられない。巻き毛のあの人ですよ、私が一発殴って倒れさせた……」

「チャットウォースのことかい?」

「そうその人ですよ!でもその名前を発音できそうにもないわ。そうなの、あの人私のことに夢中になっているの」

「ああ!コロンバ、お前はだいぶ洒落た女になったな。間も無くもう一回結婚式が挙げられるかな」

「私が!結婚するって?じゃあ誰が甥を育てるっていうの……。オルソに一人で来た時?その人にコルシカ語を誰が教えるのですか……?ええ、コルシカ語を話させます、尖った帽子を被らせてあなたたちを怒らせます」

「甥が生まれる時までとりあえず待つとしましょう。もしよかったら短剣の使い方も教えてやったらどうでしょう」

「短剣となんてお別れですよ」とコロンバは陽気に言った。「今では私は扇を持っています、私の国の悪口を言うとこれであなたの指を叩きますよ」

このように話しながら、二人は農家に入っていった。そこでは葡萄酒やイチゴ、クリームがあった。大佐がアレアティコを飲んでいる間、コロンバは小作人の女がイチゴを摘むのを手伝った。路の曲がり角で、コロンバは藁の椅子に座って陽を浴びている老人に気づいた。見た感じだと彼は病気にかかっていた。というのも頬はやつれていたし、両眼も窪んでいたからだ。とても痩せこけていて、ほとんど微動だにせず、顔も蒼白で、目線も固定されていたこと等が、彼が生きていた人よりも死体であると思わせるのであった。何分も彼女はその老人を好奇でいっぱいに見つめていたので、それが女小作人の注意を引いたのである。

「あの可哀想な老人はね、あなたたちと同国人なの。そちらの話しぶりからコルシカから来たというのはわかりますよ、お嬢さん。コルシカで不幸な目に遭ってね、子供たちが恐ろしい死に方をしたというの。これは失礼ですがお嬢さん、そちらの国では敵に対しては全然容赦がないって言われています。そしてあの可哀想な方は一人残されて、ピサの方の遠い親戚の、この農園の主人である婦人のところへとやってきたということです。真面目な方なのに、気が少々触れてしまいました。不幸で悲しい目にあったから……。客人を多数迎えるその婦人のところにいると差し障りがあるもんで、彼女はあの人をここに寄越してきたの。こっちでは差し障りがあるわけでなし、性格も優しいのです。一日に三回も口を開くことはないのです。ほんとに、頭がおかしくなってしまったんだ。毎週お医者さんが来るんですけど、長くはないと言っております」

「ああ、死を宣告されたというの？」とコロンバが言った。「その場合なら、終えることも幸せなのね」

「お嬢さん、彼に少しばかりコルシカ語で話してみなさいよ、もしかすると自分の国の言葉を聞いて元気になるかもしれませんよ」

「どうでしょうね」とコロンバは皮肉めいた微笑みを浮かべた。そして自分の影が老人が浴びている太陽の光を覆うほどに近寄った。

可哀想な知的障害者は頭を上げてじっとコロンバの方を見た。彼女も彼をじっと見ていて、相変わらず微笑んでいた。一瞬した後、老人は手を額に当てて、両眼を閉じてコロンバの眼差しを避けようとした。そして再び両眼を開いたが、今度は異常なまでに大きく開いていた。唇は震え、両手を伸ばそうとしたがコロンバの眼差しにより射すくめられ、椅子の上に釘つけになり、話したり身動きすることができなかった。やがて両目から大粒の涙を流し、嗚咽の言葉がいくつか胸から思わず出てきた。

「こんなことは初めてですよ」と女百姓は言った。「このお嬢さんはそちらの国のお嬢様なのですよ、あなたに会いに来られたんですよ」と老人に言った。

「助けて、助けてくれ！」唸るような声で老人は叫んだ。「まだ満足しないのか？あの紙入れ

二十一

……。わしが焼いたやつ……。どうやって読んだんだ……？だがどうして二人とも……？オルランデュキオはお前に何を書いたっていうんだ……。一人は残してくれてもいいじゃないか……。一人は……オルランデュキオ……。あいつの名前をお前は見ていない……」

「二人とも必要だったのさ」とコロンバはそっとコルシカ方言で言った。「枝は切られた、そして根元の部分も腐敗していなかったら、引っこ抜いたところだよ。ほら、もう嘆くなよ。どうせもう長く苦しむこともないいんだから。私は二年間苦しんだんだから！」

老人は一声叫んで、頭を胸の方に垂れた。コロンバは背を向けて、バラッタの聞き取りにくい箇所の言葉をいくつか口ずさみながら家の方へとゆっくり戻っていった。

「引き金を引く手を、狙い定める目を、考えられる心を我は求む……」

百姓女が慌てて駆け寄って老人を助け起こそうとしていると、コロンバは晴れ晴れとした顔つきと燃えるような目をしながら、大佐の前の食卓につくのであった。

「どうしたんだ？」と彼は訊いた。「ピエトラネーラで一緒に食事していた時、弾が撃たれ降ってきたことがあるけど、その時と同じ感じだな」

「コルシカの思い出がまた浮かんできたのですよ。でもこれでそれもおしまいです。私は名付け親になるものね？ほんと！素敵な名前をつけてよ。ギルファチオ・トマソ・オルソ・レオーネ！」

女百姓がその時戻って来た。

「どう、あの人死んでしまった、それとも気絶しただけ？」とコロンバはまたとないほどとても冷静に訊くのであった。

「なんでもなかったですよ、お嬢さん。でもお嬢さんが目をむけるとあの人はあんなになるなんて変ね」

「それで医者はもう長くはないと言っているわけね？」

「もって二ヶ月もないでしょうね、多分」

「亡くなっても大して困らないわよ」

「一体誰のことを話してるんだ？」と大佐が訊いた。

「ここで宿泊している、我が国コルシカ出身の白痴の人よ」とコロンバは冷淡な調子で言った。

「時々様子を見るために使いを遣りましょう。それはそれとしてネヴィル大佐、兄さんとリディアのためにイチゴを残しておいてくださいよ」

コロンバが馬車に乗るために農家を出た時、女百姓は彼女の姿をしばらく目で後ろから見送った。そして娘の方を見てこう言うのであった。

「ほらあの綺麗なお嬢さん見えるだろう、ほんと、あのやばい目は悪意でいっぱいに違いねぇ」

【注】

i　Nil admirari: ラテン語で「何事にも動じないこと」の意味。キケロによってこのことは「真の知性」と看做されており、同様のことをホラティウスも述べている。
ii　Ajaccio: コルシカ島南西部のコミューン。ナポレオンの出身地として知られている。
iii　ナポレオン・ボナパルトを指す。
iv　『新約聖書』ルカによる福音書四章二四節に「預言者は自分の故郷では歓迎されないものだ」(聖書協会共同訳)と記載があり、この箇所を念頭に置いたものと思われる。
v　maquis: 地中海沿岸地域に見られるような常緑の低木地帯、ないしはコルシカ島の叢林を指す。
vi　L'archipel des Sanguinaires: アジャクシオ湾の入り口、地中海上にある小さな諸島。灯台や礼拝堂などがある。
vii　Francesca da Rimini (1255-1285): 十三世紀イタリアの人物。ラヴェンナ領主グイド・ラ・ポレンタの娘であり、嫁ぎ先の領主の弟との悲恋で知られている。ダンテの同時代人であり、これを受けて彼は彼女を『神曲』地獄篇に登場させた。
viii　弔歌を歌う女。
ix　煮たクリームをつけた一種のチーズ。コルシカの伝統的料理。

エピロゴス

ソクラテス：「目には目を、歯には歯を」。君はこの原則についてどこまで正しいと思うかね？

マテーシス：ある程度は適切なものかと思われます。

ソ：それはなぜかね？

マ：理由は色々ありますが、自分が相手に嫌な目に遭わされた場合、それは言ってしまえば相手に借りを作ったこと、いわば気分上の借金をしたというわけですから、やはりそれを清算させないと落ち着かないのでしょう。

ソ：随分と難しい説明をするね。

マ：確かに「目には目を、歯には歯を」というのは正当な行為だと思われますが、他方どうしてこの原則が正しいと言えるのか言葉で説明するのは難しいですね。しかしこの原則は我々の日常生活において至る所で見受けられるものではないでしょうか。

ソ：確かにその通りだね。何かやられたら、少なくとも自分が感じた不快程度にはやり返したいという本能が人間に根ざしているようだ。いや、それは何も不快感だけに留まるわけではない。相手に愛されたら自分も愛し返すという傾向が確かにある。「目には目を、歯には歯を」という言葉を聞くと、それは法律上の手続のようなものを思い浮かべてしまう。だが実際はもっと人々の生活の広範囲にまで及んでいて、誰とも知らずこの原則を心の奥底に持っていると言っても差し支えないだろう。では話を変えて、この「目には目を、歯には歯を」の原則は法律的にはどうだろうか？

マ：全く公平に叶えられるなら適正かと思います。

ソ：というと？

マ：例えばある人物Aが他人に暴力を振るったと仮定しましょう。Aが路上を歩いているBを何の理由もなく、ただ快楽を理由として殴ったとしましょう。その場合、AがBを殴ったのと同じようにAもまた殴られるとこの原則は正当に叶えられることでしょう。ただ例えばAが路上に歩いていたBを過失の下に暴力を振るった場合、変な話Aが筋肉質の人間でつい勢いよく腕を伸ばしたらたまたますぐ近くにいたBに当たってしまったというのなら、この原則をそのまま当てはめるのは正しいとは思えませんね。少なくとも先の完全に故意によって行われたものと同じ罰を下すのは変だと思いますよ。後の方の罰を前に比べて緩めるか、あるいは前の方を逆に厳しくするか。

ソ：そうだね、確かに、人を殴る、という行為においても、その態様は様々だ。純粋に快楽的なもの、過失的なもの、正当防衛的なもの、教育的なもの、そして動機だけでなく、殴り方にも色々ある。つまり体のどの部分を殴ったか、殴った人間と殴られた人間の体格、殴った当人の殴り方の技術、考えれば無数にあるものだ。だからこれらは同じ「殴る」といっても殴られた側が受けるダメージは千差万別であるし、更に精神的な不快感も加わる。それは決して数値化できないものであるから、「目には目を、歯には歯を」の原則の適用は相当難しいものだろうね。

マ：はい。

ソ：しかし殺人はどうだろうか？殺人を犯した場合「目には目を、歯には歯を」の原則をやはり当てはめるべきだろうか。

マ：それについてもやはり色々な「殺人」があるでしょうね。とはいえ、人間社会の世界は一種の戦場ですからね。純粋に殺人に快楽を見出すような殺人行為以上に、自分の利害や敵意ゆえに殺害に及んでしまうことはあるでしょう。

ソ：その場合は、やはり殺人者には殺人を喰らわせると君は思っているのかね？

マ：ええ、そうですね。ただ法的でない、一般生活において「目には目を」だと殺された人間は相手を殺し返すことはできないですからね。そうなると、それを悲しんだり、或いは一家の所有権を侵害したものと看做した、殺された者の血縁者が殺し返す行為を行うことになるでしょう。

ソ：要はまあ、「復讐」というわけだね。

マ：ええ、まあ、そういうことになります。

ソ：だが「復讐」においても様々な形がある。殺された者の血縁者が殺し返すにあたって、殺された行為とは釣り合わないような殺し方をして逆に「目には目を、歯には歯を」の均衡を破ることもあり得るわけだからね。

マ：均衡を破るというのは具体的にどのような形で？

ソ：殺された方の一家は一人だけなのに、復讐において相手の一家を複数殺害するとかがあり得るね。あるいは殺害だけでなく金品強奪等。

マ：確かに、そうなると不均衡になってしまいますね。

ソ：そういう復讐に託けた新たな権利侵害が起きてしまうだろうから、法律、特に刑事罰があるのだろう。言ってしまえば、代わりに「復讐」してもらうということになる。

マ：しかし法律の役目はどちらかというと、それ以後の犯罪行為を抑止する方が強いかと私は思います。強盗行為を働いた者に対して何かしら刑罰を下すことにより、強盗するとこういう罰を与えられるぞ、だからするなってことを間接的に民に知らしめるということ、まあ言ってしまえば「見せしめ」ですね。

ソ：確かにその通りだろう。だが、刑罰というのは意図してか意図せずしてか実行者を罰することにより被害を被った者の代わりに「目には目を、歯には歯を」を適用させる、「復讐」としての役割もあるね。

マ：はい、その通りですね。

ソ：ただその「復讐」が必ずしも均衡とは限らないがね。つまり実際に被った害に対して法律が行う「復讐」による害が緩いこともある。実際、殺人に対して法律は投獄という形で「復讐」してくれることが多い。殺人に比べ投獄は、大抵長年とはいえ、その方が軽いように思えるね。

マ：そうですね。法律そのものは害を被った当人とその関係者ではないわけですから、結局は他人事になってしまうのでしょう。害を被った「感情」までは測れないですからね。

ソ：まぁ所詮人間の行っているものだからね。

訳者紹介
高橋 昌久（たかはし・まさひさ）
哲学者。
Twitter: @mathesisu

カバーデザイン　川端 美幸（かわばた・みゆき）
e-mail: bacxh0827.miyukinp@gmail.com

コロンバ

2025年1月23日　第1刷発行

著　者　　プロスペル・メリメ
訳　者　　高橋昌久
発行人　　大杉　剛
発行所　　株式会社 風詠社
〒553-0001　大阪市福島区海老江5-2-2 大拓ビル5 - 7階
Tel 06（6136）8657　https://fueisha.com/
発売元　　株式会社 星雲社（共同出版社・流通責任出版社）
〒112-0005　東京都文京区水道1-3-30
Tel 03（3868）3275
印刷・製本　小野高速印刷株式会社

ISBN978-4-434-34729-0 C0098